さみしがりな恋人たちの履歴と送信

笠井康平

いぬのせなか座

著者はあちこちでこれは実話だとわめいていますが、ほんとうを言うと、これは純粋なノンフィクションではありません。程度はいろいろ、目的もいろいろではありますが、脚色してある部分も多いのです。

——デイヴ・エガーズ『驚くべき天才の胸もはりさけんばかりの奮闘記』

まえがき

正直なうそつきでありたいと思っていた。そんなの無理なのにね。この言葉で書かれ、読まれたこと、そのすべてをふり返ってみよう。すぐにわかるよ。僕らは何も覚えていられないし、決して忘れもしない。昔からずっとそうだった。だれもが冷たい部屋にいる。

ごく穏やかにいえば、この本には、冷笑と情動のあいだにある「ずっと大切な忘れもの」が書かれている、といえるかもしれない。そこがついえて、消えて、なくなったあと、いつまでも離れられないひとのための作り話だ。良識を傷つけるドラマであり、小声で歌えるラブソングであり、この島国が過ごした時代の姿でもある。

笠井康平

もくじ

II

III

IV

V

さみしがりな恋人たちの履歴と送信

I

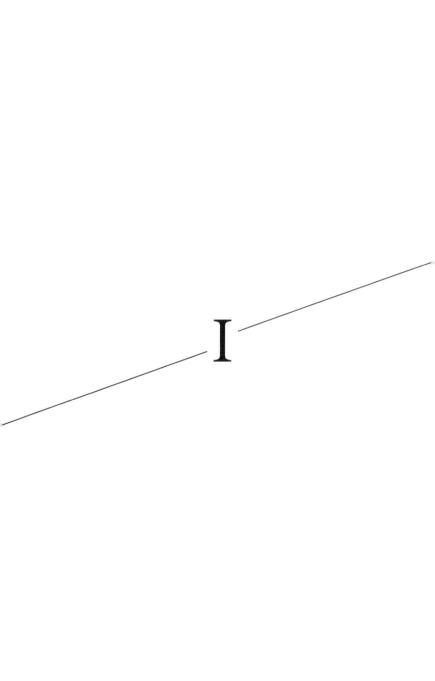

漢字が苦手なその子の宿泊と郵便

その子にはまだ〈御維新〉が届いていなかった。田舎町の女の子で、東海道の本道からも最寄りの港町からも遠かったし、それにまだ字が読めなかった。上の兄弟が私塾へ行って簡単な経文を覚えて帰ったおりとか、両親によく分からない偉い人からの教訓を横流しされて叱られたおりなんかに、自分の名前くらい書けるようになりたいと悔しかったことはある。

次男は自分より阿呆だと思っていたので、家業のあいまにひと休みしていた長男を呼び出して、

「〈そのこ〉は、字はどう書くのですか」

「《そ》と《の》と《こ》ですね」

「書いてください。そこの、土へでいいです」

長男は「そ」と「の」と「こ」を書いて、一文字ずつ指差しながら、どの字をどう読むか教えた。その子はかぞえの六歳だった。おおむね満五歳までにはひらがながそこそこ読めるようになる二十一世紀生まれの子どもたちより少し遅めの学びそめだったけど、今で言う旧字で「そ」の字の一角目を左上から右下へしゅっと撥ねて書く長男の、そこらに落ちていた小石の利用法には感心したし、何より、

「《こ》は《子》とも書けます。子年の《子》ですね」

といって「こ」を草鞋の裏で消し「子」を書きながら、

「私たちの母や祖母の名にはない字です。贅沢な名前。偉い人たちの流行りらしいですよ」

と言われてくすぐったかった。なんだか知らないが世間の流行というものがあって、その最先端に自分がいて、おまけにその「扱い方」を教わっている！

その子は自分の名前の書き方をすぐに覚えてしまった。自分の「そ」を長男の「そ」に似せて、いかにも「そ」らしく造型するのに手こずった。「の」はひと筆書きすればよかった。「子」はまっすぐな横線の練習になった。嬉しすぎて、三男をあやしているとき、姉の名前はこう書くのだと自慢したくらいだ。それは「教育」や「報告」というより「自省」や「独り言」に近い語りで、漢語どころか整った構文さえまだ話せない三男は、「そのこ、そのこ」と連呼しながら、「そ」に似た独特の線を地面へ書きなぐっていた。

「その字はなんて読むの」

「そ、の、こ」

「それは〈そ〉ですよ」

「そ、の、こ」

「それは〈そ〉ですよ」

それは一八六九年の初夏のことだ。体制派か革命派か日和見派かを問わず、当時の知識人たちは徳川慶喜の敗戦を日記へ書き付けたり、仲間内で論じあっていたが、多くの婦女子が高等教育を受けられるようになるのはまだ先のことで、その子の母だって最低限の読み書き・計算しか知らなかった。父でさえ〈御維新〉の意義と展望を読みかねていた。

★

その子たちの生家は旅人の休憩所だった。付近の町々から港へ向かう客足や、港から山奥へ人と荷物を北上させるちょうど中継地点にあって、人の出入りはそれなり。祝祭日や繁忙期のあとには顔見知りがよく目立つ町内。荷物や旅客と一緒に折々のニュースが運ばれてくる宿屋は、付近では「未知のもの」が飛び込んで来やすくて、一家は世間並みに情報通だった。

都会のトラブルもスキャンダルも五日くらい遅れて入ってくる。名古屋には露西亜語を教える私塾があるらしいとか、天皇が移住して「江戸」が「東京」へ名を変えたなんていう「遠くの」話も訪れる。台風一過の農地整理で向こうの村の誰と誰が揉めて追放者が出たとか、失踪した商家の跡取りとなじみの幇間が東北の宿場町でミュージシャンになっていたなんていう「近くの」話も流れてくる。語り継ぎと誇張で真偽と時系列がずたぼろになっていたとしても、家内の人づてに出回る「信じられない話」や「驚いた話」は、濃縮され裁断されてその子のところへもやってくる。「ですって」「だそうだ」「らしいぜ」「みたいよ」

郵便ポストができたらしいと耳にしたとき、その子はかぞえで十二歳になっていた。毎日ずっと働いていた。バックヤード部隊だった。寝室の掃除、照明燃料の注ぎ足し、浴場と風呂道具の研磨、炊飯補助、寝具や作業服の洗濯と日干し、馬の餌やりと洗身、帳簿点検の下準備、旅客の案内、出入り業者の応対、従業員間の報告・連絡・相談の中継、手紙や請求書の店内配達、必需品の補充、ごみ捨て、その他従業員とのコミュニケーション。

未成年に任せて差し支えないものに限られたとはいえ、母や祖母がしてきた仕事はすべて覚えさせられた。早朝に起き、夜更けに寝た。寝る前は本を読んだ。父が兄のために、出入りの貸本屋からくたびれたやつを買い取ってくれたのだ。帳簿上は家族の、名目上は子供四人の持ち物だったが、気に入って何度も読んだのはその子だけだった。読めないところ、よく分からないところへは印として、そのページに糸を挟んで、長男が翌日に着る着物のなかへ忍ばせておくと、遅くとも翌週にはそのページに半紙の切れはしが挟んであって、小さいカタカナで解説が書いてあった。長男はその子のつまづきやすいところをよく心得ていて、伝えてもいないのに、不明点の所在が突き止められていた。

★

「学校」が始まるまえで、寺子屋へ行かせてもらえた女児は全国でも十人に一人いるかいないか、教育期間も数えの六〜七歳あたりから数年ほど、もちろん教育内容はその町の豊かさによって偏りがあったから、少しでも読み書きを覚えられたその子はとても恵まれた女の子だった。

現に祖母は読める漢字が少なかったし、暮らしのなかで書くべき場面もなかったから、もしもその子が貧しい農家に生まれて、学習と勤労なら迷わず後者を選ばせたい両親のもとで育っていたら、祖母はその子に勉学を許さなかっただろう、仕事中もつらく当たったろう、名前の後ろに「子」を付けるなんて贅沢をした両親には、ことあるごとに愚痴や小言を呟いたにちがいない。

ところが祖母は優しかった。その子が大好きそうだったし、その子も甘えたかった。良い嫁になれと言われて育てられた。文盲だった代わりに祖母はもの覚えの良さがすさまじくて、息子や孫を躾けるときには、予め言質をとったり状況証拠を押さえておいて、怨霊のように悪事を追い詰めるスタイルをとった。

その祖母が、

「郵便箱というものがあるようですよ」

「なんですかそれは」とその子。

「その箱へ手紙を入れておくと、飛脚に頼むのとはちがい、安く、速く、遠くまで届けてくれるらしいです」

「私には手紙を書く用がないのですが」

「私にはありますよ。生家へ頼りを出したいとするでしょう。そのとき私は夫か息子に頼まなければいけませんね。字が書けないのですから。すると口伝えに〝お元気ですか〟と書くことになる。それでは積もる話もできないし、内緒話もできません」

「会いに行けばいいのでは。あなたはいつも暇そうです、私とちがって」

「そんな元気はありませんね。けっきょくお参りにも行けそうにない。もし無理をしたら、帰り道に疲れて死んでしまうよ」

「長男に頼んではどうです？」

「忙しい人ですし、孫の話を孫に書いてもらうなんて、ちょっと恥ずかしくないですか」

「父が港まで出かけていたとき、私にもお土産を買いたいが何がいいかと書いてきた手紙をみんなの前で読まれて、私はとても恥ずかしかった」

　その子は、自分が生まれて何年経ったかをすぐには数えられなくなっていた。大晦日に旅館中を大掃除しながら、来年の干支がどれかをみんなして思い出し、農村から奉公に来た幼い男女が十二支を順番にすべて言えるか試して遊んでいるときに、その子は歳月がひとめぐりしていることに気づき、たしか私は子年で、もしあと半年早く生まれられたとして、「猪のように〜だ」とからかわれるのと「鼠のように〜だ」と冷やかされるのと、どちらが腹立たしかったろうと思った。第二次性徴の訪れを身内だけでひっそりと祝ったときも、その子は父母が前より老けたと感じたけれど、それは疲れのせいであって、不意に訪れた自分の不調のせいであって、自力でこなせる仕事が増えたせいであって、その子自身が「成長した」「大人になった」とは考えなかった。恋心とも無縁だった。

★

だから郵便箱とは一体なんだとその子は思った。遠くにいる誰かへ何か今すぐに伝えたいことがあるかなんて考えたこともなかった。手紙は受けとったり手渡したり仕分けたり燃やしたりするもので、読んだり書いたりするものではなかった。三男に、

「郵便箱というものがあるようですよ」

「なんですかそれは」

「その箱へ手紙を入れておくと、飛脚に頼むのとはちがい、安く、速く、遠くまで届けてくれるらしいです」

「それはどこにありますか」

「わかりません」

訊いても無駄だった。次男に、

「郵便箱というものがあるようですよ」

「なんですかそれは」

「その箱へ手紙を入れておくと、飛脚に頼むのとはちがい、安く、速く、遠くまで届けてくれるらしいです」

「しかしあなたに字が読めますか」

「読めますよ。習いましたし」

「漢字が書けますか」

「書けますよ。覚えましたし」

「では〈郵便〉と漢字で書いてみなさい。できないでしょう。そんな子に手紙は要りません」

話した自分が愚かだった。その夜こっそり「結品函」と字を当ててみた。諸国の様々なる品々を結び合はするの函にて候。斬新だったが、流行らなかった。

このときの悔しさがその子に「叶わない学習意欲」を抱かせる。それは息子の性格に伝染して「勉強して偉くなれ」という口癖に変わり、明治の終わりに生まれた孫を教育熱心な母親へと変え、その母親に育てられた息子・娘たちが近頃あちこちで老衰したり介護されたり摘出手術を受けたりしているが、半年ほど前に祖母を亡くしたばかりの作者には空想がリアルになりすぎて、その先を詳しく書きづらい。丁重な葬儀だった。納骨は退屈だった。

後年を生きる私たちから見れば、その子にとって初めての〈御維新〉は「郵便箱」だったのかもしれない。地名や政権、貨幣の変化よりも身に沁みたのだから。耳なれない言葉と、見たこともない新製品と、裾野には決して届かない理念と、しかしなし崩しに進んでいく改修とがセットになって新登場する大きなトレンドの到来だ。

だけどその子はマクロな経済史に疎かった。季節の移り変わりはその宿でいちばん高級な夕膳に反映されていたし、暦には折々の行事や吉凶が書かれていたけれど、政府関係者の暗殺や離島で起きた内戦は父や兄たちの領分で、その子の職域はサービスとマネジメント。どの部屋に何泊分どの膳を食べる何人が泊まっていて、干してある布団と手ぬぐいと雑巾は何時頃から何人で取り込めばよいかを忘れないことにあった。

★

堅い木をくりぬいて作った黒い柱形の投函箱には三角の屋根がついていて、正面には白字で縦書きに「郵便函」と書かれている。箱は盛り土で高くしてある。てっぺん近くに投函口が、大人の腰元あたりに取り出し口が付いている。どちらにも同色の蓋が付いていた。雨よけであり、子どもがイタズラできなくもしてあるのだ。近くに屋根ほど高い竿が挿してあって、頂きに「郵便」と大書きされた旗が結ってある。

そこへ黒地の編笠をかぶる男が駆け寄ってくる。笠の側頭部には赤丸に横一文字が縫い付けてある。黒染めで袖口と首元だけ朱塗りの釦付きの詰襟に、黒地の長ずぼんを着て、これまた黒塗りで側面に赤字で「郵便」と刷られた角箱形の鞄を肩にかけ、黒足袋を履き、キツく結った藁草履の裏を通りへ見せながら、箱の中身をまさぐっている。すべて集めても片手で持てる数だ。肩かけ鞄へしまい、取り出し口の鍵を閉め、両手と裾元の砂をはらってまた走り出す。

そこから最寄りの郵便役所へ持ち寄る。集められた郵便物はそこで集配されて、郵便馬車や郵便船に乗って、または郵便脚夫の肩に担がれて、東京へ行き、大坂へ行き、京都へ行き、長崎へ運ばれた。大雨や強風がなければ、三、四日もあれば向こうへ届いたし、送り先がどこであっても一律料金なのが強みだった。

創業当初こそ古臭いデザインの郵便箱だったけれど、すぐに黒塗りの柱形に変わった。切手やはがきの導入をはじめ機能設計はよく考えられていたし、配送網だってほんの一年半足らずで全国に張り巡らされた。取扱い郵便数は三年ほどで一万件を超え、切手もはがきも順調に売れ行きを伸ばした。運営細則は毎年変わったが、大枠は初期構想の根幹を崩さず、そうして出来上がった配達ルートの上を、大小の新聞が定期流通することになる。

もちろんそれはまだ後のできごとだ。

その子が目にした郵便配達夫は単に変装した飛脚だったし、郵便箱は実在する伝説だった。信じられなさと畏れ多さは河童と大きく変わらない。

牛を河へ引きずりこむか、どこからともなく手紙を運んで来るかのちがいだ。

飛脚のあとをこっそり付けると異界へ通じる門があって、山犬のような牙を持つ痩せた男と、猪のような鼻をした小太りの男が番をしている。ふたりは先代から苗字・帯刀を許されていて、郵便に関わりない旅人が迷い込んできたとき、追い返すか殺して食うかする権限が与えられている。誰に？　妖怪だ。前世の因縁で成仏できず、仏と結託して神隠しを生業とし、諸国の事情にも通じている。人が寝静まった夜に雲を散らすような大風を吹かせ、箱に入った手紙を巻き上げて、それぞれの宛て先へ吹き飛ばして行く。平凡な空想をしながら働く日々は、それは単調だけど退屈ではなくてね、だってその子は毎晩へとへとに疲れてぐっすり眠ってしまうのだもの。

夢見ることが楽しかった。空想の源泉は母親の出身村の言い伝えとこの宿にまつわる伝説と乏しい読書経験で、もののけたちはいつも来客の姿で訪れるか、天井裏か床下か夜の暗がりのその奥から現れるか、その子自身のからだに巣食ったか秘められたか忘れられた異形の姿や力や技や知恵から湧いてくる。他愛もないし辻褄は合わないし一貫性もない空想だから、はけ口もない、毒も持たない、洗練もされない。

それでも折々に宿町へ歌舞伎役者たちが巡業へ来るとき、貸本屋が売り込みへ来るとき、冠婚葬祭があるとき、たっぷり熟れたその子の頭のなかのむらむらはひと通りの定形を与えられて、怨霊は怖い、心中は悲しい、色好みは醜いと決まりきった教えと答えに固まっていく。乏しい思い出は大切に大切に磨かれ清められすりつぶされて、当家代々の暮らし方と混ぜ合わされて、その子の口癖と躾にしんしんと降り積もった。それは新しいストーリー・テリングの種だった。咲き方を知らないまま枯れる芽だった。

そこへ、

「郵便箱というものがあるようですよ」

と祖母から聴いたとき、

「なんですかそれは」

その子はこの宿の「外」を「謎」として直感していたし、

「私には手紙を書く用がないのですが」

自分の暮らしには要らないものだとつっぱねておきながら、

「会いに行けばいいのでは。あなたはいつも暇そうです、私とちがって」

日々の忙しさがちょっと疎ましかったものだ。手に入れてもいないものへの心残りと悔しさをひっくるめて恋心だと呼べるなら、その子はきっと恋をしていた。手紙を読み書きして暮らす日々に。口を閉じたまま交わされる対話に。どこにもいない宛て先に。文字を使いこなす自分に。

そんなふうにしてその子の少女時代は、はっきりした区切りのないまま暮れた。もう二十年おそく生まれていたら、文芸誌の懸賞に自作の詩や作文を送りつける子に育ったかもしれない。そして若き浪漫主義文学者にかぶれて、学校嫌いになって、電化製品に憧れながら、見合い結婚に戸惑いつつも主婦になるのだ。

★

だけどその子の朝は毎日五時半に始まる。部屋中の布団を押入れへあげたら、室内で最年少の二人が物置きへほうきと雑巾とちりとりを取りに行く。部屋の奥から手前へ向かって一人が掃き、もう一人が後へついて拭く。すべての畳を拭き終えたら、仏壇へ行って家族揃って合掌、その日の段取りが父母から伝えられる。大勢が炊事場へ床を踏み鳴らしながら移ると、麦飯とたくわんに里芋と白菜の味噌汁が朝食である。それぞれの席へ使用人が配膳するのを悠長に待っていられる身分ではないから、ここでも最年少が全員のお椀を満たす役目だ。年下の奉公人がやって来るまで、これはいつもその子のすることだった。

客向けの朝食を出し終え、宿中の布団がすっかりたたまれ、旅立ちと出歩きの客を見送ると、ちょっと番茶でも飲もうかというひと時があって、その子は三男を遊んでやる。そこへ次男が

入って来て、

「その子さん何をしておいでだ」

その子はにっこりして三男に向かい、

「どうもこの子は不器用でいけません」

「こんなものはできなくってもいいや」

「できなくってよければ、なぜ教えてくれと言いました？」

その子は口元で笑ひながら、二人が反故紙でつくった折り鶴を次男に見せた。

「お前らがつくったのかよ」

「男は不器用だからダメだね」

「その子のはこの下手くそなやつだな」

悪ふざけが喧嘩に変わる前に休憩はおしまいになって、飲み終えた湯のみをそれぞれ大だらいでじゃぶじゃぶ洗ってから、そわそわと持ち場へ帰っていく。ここで暮らしているのは、社会保険も残業代も休日手当もない、住み込みの長時間労働者ばかりだ。

★

こうして、その子は「女の子であること」を消費していったらしい。幼さと可愛らしさがせめぎ合う年頃を経て、可愛らしさと大人っぽさが鍔迫り合いをする頃にその子は嫁へ行った。その時こっそり燃やしたから、反故紙の裏へ暇を盗んでは書きつけた、その子が思いつくこの世でいちばん美しくて笑えて泣ける宿屋の長女の冒険譚は、どこの誰にも知られないまま灰になって消えた。おまけに私たちの調べまちがいのせいで、「その子」はこの物語でしか生きていられなくなってしまう。

というのも、彼女が生まれ育ったころ、名前に〈子〉が付く女は士族にさえ稀で、東海道の隅っこにある名もない宿屋で働いていた彼女に、女の子であり続ける贅沢が許されるはずはなかったのだ。

じゃないけど、似たもの

——60年代少女小説

ふたりは大した話をしなかった。２０１３年7月13日土曜日よる7時からＴＢＳ系列局で放送された番組「ジョブチューン　あの職業のヒミツぶっちゃけます！」のなかで、猪瀬直樹と橋田壽賀子が同じ画面に映って嚙み合わない談笑を交わす場面が数分ほど地上波で流れたのを、私は恋人の部屋の勉強机の椅子にあぐらで座って、翌日に彼女が飲む緑茶を行平鍋からクラッシュアイス入りの２Ｌペットボトルへ移しているときに見つけた。

その日は２時間スペシャルだった。収録時間も長大だったにちがいない。画面には出演者たちの疲れが映っていた。ふたりは文化人としてゲスト出演していた。たどたどしく必死で話すオチやまとまりのない雑話を、どうやってゴールデンタイム向けのテレビ番組として老若男女全員に伝わる笑談として分かりやすくパッケージするかに神経をすり減らしていた。

私は緑茶をこぼしそうになった。その映像がどれだけ価値あるものかを直感して、画面に目が釘付けになっていたのだ。

冷徹で詳細なドキュメントから出発してついに国政の中枢に登りつめた偉大な文学者と、この国の主婦の就寝前のエンターテインメントを何十年も作ってきた偉大な文学者が、手に汗握る臨場感のなか、ぎこちない笑顔で、お互いをちらちら見ていた。その姿に笑ってしまった。

「すごくない、これ」

「え?」と恋人がiPhoneから顔を上げて、

「都知事？」

「共演だよ。神キャスト感ある」と私が言うと、

「そうなんだ」と、テレビ画面をちらっと見た。最近の彼女は三角関数と中古服の流行にしか関心を示さなくなっている。私が昨日の夜につくった彩りサラダ蕎麦にわりと新鮮なアボカドを大きめに切って入れており、恋人が食べる分にはそれをやや多めに入れてあげていたことにも、問いただすまで気づかないくらいに。

「橋田壽賀子はさすがに分かるでしょ？」

「『渡る世間は鬼ばかり』の人でしょ」

「他には」

「眼鏡がでかい。長台詞。家族の苦しみ」

恋人は猪瀬直樹が小説家だと知らなかった。食卓に山積みされた靴下と下着から、明日履くものを選んでいた。宿題も溜めてからする子だ。

私たちは学生寮で暮らしている。住み込みの中高一貫校だ。成績は上の下くらい。2年に1人くらい同志社とか青学に入る子がいて「勉強がんばったんだなー、地元にいたくなかったんだなー」ってみんなに羨ましがられるくらいの。

あとはみんな地元の大学か付属大に行く。就職する子もたまにいる。そういう子は金払いがいいから20歳過ぎるくらいまでちやほやされるんだけど、短大卒の子とかがみんなで卒業旅行に行くあたりから話題と予定が合わなくなって、職場飲みとか町コンに関心を移して全国平均より数年若く結婚して子育ては親と共同で、みたいなライフプランに進む。大卒の子たちは4年遅れでその後を追って、赴任先で婚期に迷いながら貯金したり旅行したり布団を買い換えたり。寮長さんも、家庭教師に来る女子大生さんもそう言っていた。

私はそういう先の見えすぎる人生がいやで、期末テストとかにもわりと励んできたのだけど物理と数学がまじで謎でさ。しょうがないんで世界史と現文に「うおおおお！」って突っ込んでったら「村上春樹とか読む？」なんて国語の先生に薦められたのが運の尽き。秘められた才能の発揮。『ノルウェイの森』やばいよね。映画もみた。よくわからんくて途中で寝た。あれは90年代を知らないと分からない映画らしい。

でもそのときイオン（じゃないけど、似たもの）へ行くのに付き合ってくれたのが今の恋人の、うちの県でいちばん大きい保険会社の支店長の長女で、進学は絶対、最低でも中堅私大、なのに成績が伸び悩んでて苦しんでる。

私のスクールカーストはクラスで中（の下）で、彼女は上（の中）だったから、映画の同伴にはもう一人、下（の上あたり）にいる子の付き添いが必要だったのだけど――私が階級アップ狙いで彼女に近づいてると思われないように――、それ終わりで図書館行こっかってことになって（「ふだん何してんの？」「図書館とか」「……冷房？」「まぁそんなとこ」）、ふたりとも本棚の眺め方とか分かんないし私も使ったことなかったからグループ学習室を借りることになって、

「現代文教えて。解き方、古文とかすごいもん。指されたときの即答」

「『さんま御殿』と同じだよ。空気が読めれば勝ち」

「いや、わからんし」

「それはねーよ」

とかいっていたら仲良くなって、三人とも元いた所属先から脱退。まずは食堂学習のとき隣に座るところから始まって、消灯時間まで誰かの部屋にいることが増えて、すると洗濯とかお風呂のタイミングもかぶってくるわけだから、両親の職業から将来の夢までひと通り打ち明けるまでに至っては、教室に中の中に属するクラスタがひとつ新しく増えることになる。そこから恋人が恋人になってくれるまでは省略する。叫んださ、道で。隣町の駅前のね。


付き添いしてくれた子は今では姑みたいになっていて、恋をしているわたくしどもの、家事や勉学の手がおろそかになっているところを、ぱっと見つけてちまちま叱責してくれる。

その番組が放送された年の冬、その町の学校の教室で、「総合学習」の「職業研究」と「地域社会とふれあう」で私たちが何を学ぶとよいかの説明があった。金曜日だった。翌週が終業式だった。私はもの書きになりたくて、付き添いしてくれた子は家を継ぎたくなくて、恋人は学年末のテスト対策がしたかった。教室の背面黒板で夢と希望の箇条書きをしていた。

　三人の姿勢と構図を図示すると、私は反対向きにした椅子にまたがって、背もたれに腕組した両肘をついて、両脚でバランスを取りながら、その椅子の前脚（私からみて後ろ）をふらふら浮かせていて、恋人は私の机に横から腰かけながら片手をついて、半身をねじって黒板を見ていて、付き添いの子が左手のチョークと右手の黒板消しで、

・小説（ラノベ？）
・映画　風立ちぬ　ハヤオいつ生まれ
・歴史、昭和、三丁目の夕日
・東京オリンピック、鉄腕アトム、楽天の星野さん、野村さん、所得倍増計画の時の首相
・ビートルズ、ボブディラン、笑点の司会、リカちゃん人形、石原慎太郎
・遠藤周作、北もり夫、大江けんざぶろう
・クリエイティブ系

と書かれたうちの、最後の一行を書き終えるとすぐに消して、

「そろそろ現実をみるべきだと思うんだよね」

「進路？」と私が訊くと、

「話ちゃんと聴いてた？」と恋人は言った。「発表するんでしょこれ。今日提出するのもだけど。何調べたらいいか分かんなくなってきた」

「ぐっちは大学でもサッカーやるの？」と私が訊くと、

「どうすっかねぇ」と付き添いちゃん。

「がんばれよ」

「がんばるよ」

恋人はあきれた顔で、

「推薦入試とかはでも大変でしょ」

「まぁそこはさ」

「でも副審の資格は持ってるぜ」

ふたりはわざとらしく驚いた。

「試合とか見てみたい」と私。

「うん、来てきて」

　恋人は落ちついた声で、

「体育の先生とかがいいんじゃね」

「？」と私。

「まぁそれ。私立は無理。兄ちゃんが日大で仕送り要るからさ、妹的には国公立行きたいけど親的にはもう継げばいいよとか言ってくる」

「泣ける」

「愛だ」

「ちがうし」

「ぐっちん家何屋だっけ」

「工場」

「大企業じゃん」

「なんで工業科行かなかったの？」

「え。反抗期？」

「うわぁ」

「親子愛だ」

「ちがうし」

「ちがうし」と私。

「ちがうし」と恋人。

「決まったか」と国語の先生。

「まだですね」と恋人。

私たちが付き合ってることは先生も知っている。

「夢とかだけじゃなくて、調べないとダメだからね。学校なんだから」と先生が言った。

「小説とかでもいいです?」と恋人。

「感想文だけだと無理」と先生。

付き添いちゃんが悲しそうな顔をした。私はひらめいた。恋人に伝えると、

「じゃあ発表は私やるから、えっと、あなたは調べることをしてくださいよ」

二人称で呼ばれるのが初めてで、私はひそかに喜んだ。びっくりしたとも言う。

そこでまっさらな「総合学習計画書」になるべくきれいな字で、三人の名前と、私の夢と希望を勢いよく書き込むと、誰にも読まれないように気をつけるべく、記入面が内側になるようかるーく丸めて、教室内でほかのみんなが進学先を調べあぐねているのをちらちら見ながら、机と机のあいだを歩き抜けて教壇に裏返しで提出した。その教室の片隅で、時をかけるペンギンは空

を飛ぼうとしていた。

まぁ絵にもならないただの徒歩だ。でもその日の気持ちのピークはそこだった。

そして授業後いつもみたいに、私と恋人は付き添いちゃんを校庭まで送りとどけて、ふたりで自転車を横へ並べて女子寮に帰った。遅刻しそうだったとき校門で学年主任のおじいちゃんにうっすら叱られてから、ふたり乗りで登下校するのはやめていた。進路指導がおじいちゃんの指導は甘いと注意しているのを、別の日に遅刻してきた恋人がたまたま見ていたのだ。

ところが月曜日に先生が、

「再提出」

渡してくれた計画書には薄い朱色のえんぴつで、

「終業式までにね」

びっしり書きこみがしてあって、

「発想はいいんだけど、これだとサボってる感じに見えちゃうのね。三人が将来をよく考えてるのは分かるよ。主婦と教師と、あとサラリーマンだっけ。現実的なところはいいと思う。でも『三人がそれぞれの両親を家庭訪問し、当時の文化についてインタビューすることで』ってもうちょっと考えようか。こいつら友達ん家遊びに行ってるだけじゃねって言われるわけ、先生がさ。ウチはだって進路指導があいつじゃん。うるさいんだ。とりあえずちゃんと教育されてますってとこを見せてほしいの、篠崎さんにも。先生は郷土史の本を参考書に挙げるといいと思うんだ。別に読まなくてもいいし。そこをトップに持ってきて、引用とかで。いや強制とかじゃなくて、そうしたほうがいいかなという助言をする仕事を教師はしてるんだけど、なんならテープレコーダーは先生が持ってるやつ貸すから。PTAの定例会の議事録で要るかなって買ったけど使ってないのがあるんです」

書きこみをそのまま使えば提出書類になるようにしてあった。はっきりした、読みやすい字だった。先生は女の育て方を知らないんだと思った。

だから私は元気な返事をして笑顔でうなづいた。ウェブ小説とか書くときだと「頷ーく」は「うなずーく」で変換できてしまうし、そういう用法も増えている。だけど「うな(頭)」を「つく(上下する)」わけで、漢字検定としては「づ」の立場をとっているからだ。試験は年明けの月末で、私は準一級をとっておくつもりでいた。若くて記憶力がいい、今のうちに。

そして終業式のあと、実家へ戻って荷支度をしながら、恋人の両親と何を話すか空想した。考えすぎて、苦しくなって、天井に向かって呻いた。

だけど取材はうまくいかなかった。Wikipediaで話題を拾ってきて、YouTubeでインタビューの格好を勉強して、ニコニコ動画で最近の女子高生らしい話し方を研究してきたのと、ちょっと前に昭和30年代の日本をふりかえる特番があってさ。実家のテレビに録画してあったのを視聴してきた。だいたい身についたから、もう聴くことはなさそうだと思っていた。

それがいけなかった。有名人にインタビューするとしたら、その人の著書や作品を読んで、感想と疑問を思いきってぶつければいい。でも恋人の母親は、実名検索してもちがう人のFacebookアカウントが出てくるだけだし、下調べも照れてしまってできなかった。

話題の用意もざっくりしすぎで、

話題：ベトナム戦争、東京オリンピック、ご成婚、鉄腕アトム、所得倍増計画、学生運動、ビートルズ、笑点、リカちゃん人形、釜本邦茂、川端康成、ボブ・ディラン、石原慎太郎、堺正章、ザ・ピーナッツ、モスラ、トルーマン・カポーティ、リチャード・ブローティガン、フィリップ・ロス、スーザン・ソンタグ、ジョン・アップダイク、安部公房、吉本隆明、開高健、江藤淳、小田実、三島由紀夫、石原慎太郎、遠藤周作、北杜夫、大江健三郎、花田清輝

私が聴きたかった話と、恋人の母親が話せることとの差が大きすぎた。

——東京オリンピックのことは覚えていますか？

A：私はあまり覚えていません。兄が、学校行事で見に行ったようです。宿題で作文を書かされていたことを思い出します。

——漫画は読みますか？

A：『黒子のバスケ』などは、娘に借りて読んでいます。面白いですよ。

——大島弓子や萩尾望都、竹宮恵子などは。

A：私とは、世代が少しずれるかもしれません。

——休日はどう過ごしていましたか。

A：友達と遊びに行ったり、宿題をやったりしていました。

——好きな人はいましたか。

A：いましたが、名前も分からなかった。片想いでした。

——ご成婚については。

A：おばあちゃんが、新聞社が作った記念の写真集を買っていて、実家にはまだあると思います。

——川端康成のノーベル受賞については。

A：知らなかったです。まだ子供でしたし、読書が好きなほうではなかったのです。

――最近はどんな本を読まれますか。

A：以前は、「オレンジページ」を買っていました。でも、やめてしまいました。簡単な料理はクックパッドで検索すればすむし、いつも作る料理はもう覚えているからです。祖母が集めていた、料理本の切り抜きもたくさんあります。

――好きな小説はありますか。

A：ベストセラーはあらすじを調べるようにしていますが、テレビを観ているとすぐに時間が過ぎてしまうので、ふだんはあまり読書していません。

三人の両親は誰も猪瀬直樹を読んだことがなかった！

「ごめんね。うちの（お母さまは）話あんまり面白くないでしょ」

と恋人が髪を洗いながら謝るのを、私は湯船に首まで沈んで聞いた。口に出して否定する元気もなくて、「いやいやいやいや」とつぶやいた声が浴室にひびいた。お風呂の栓とバスタブをつなぐ鎖が水の中でぶよぶよ揺れていた。

計画の狙いはたくさんあった。口下手でも宿題を理由に、話題ありきで、話したい人と話せる。本気出す授業でもないから取材も雑でいい。「現代社会」や「日本史」の勉強にならなくもないし、発表資料もすぐに作れる。ネタっぽい企画だけど、発表でも軽く笑いがとれそうだし、ほかのみんなから調子乗ってる感じにも見られない。私たちは将来に平凡な主婦やＯＬになるしかない地方民なんだという現実を暴露しつつの、ふつうに夢とかを語るよりずっと参考になる情報が盛り込める。日本のありふれたサラリーマン家庭にはそれぞれの個性があるとも示せるだろう。外泊の口実にもなる。実家にいなくていい。そこは先生が見破ったとおり。

それに三人の見せ場も作りやすい。私が調べものをして、付き添いちゃんが日程調整と写真撮影、恋人が発表をやる。部活でもないのに休日に昭和史を学ぶ女子校生とかさすがに痛いかなと思われても仕方ないところへ好きなだけ調べものしていい口実になるし。恋人はたぶんあまり我慢せずに育てられたから、言いたいことを言いたいだけ言う感じの、その場を切り抜ける気の利いた台詞とかがぱっと思いつく女の子で、家庭教師の宿題がしんどそうだったし楽をさせてあげたかったのもあったのだけど……。

こんなんじゃダメだ、くだらない悩みだ、たかが学校の宿題で、と自虐したくなるのを堪えて、私はもっと自分は勉強しなくちゃと思った。どこでもいいから都内の大学に行って、授業がない日に新しい映画とか漫画に好きなだけふれて賢くなりたい。

それでも3つの家庭がどんな「昭和」を過ごしてきたかはわかった。付き添いちゃんの部屋でサッカーボールの蹴り方を教わっているときだ。風呂あがりに壁際のベッドへ三人並んで腰かけて、裸足の付き添いちゃんが足のどこに当てるとよく飛ぶかを実演してくれた。ボールを両足に挟んでする腹筋運動をやらされた。翌日は筋肉痛になった。

つまりね、恋人が家庭教師に呆れられながら「下線部③とはどういうことか」を当てられずにいるのも（本棚はなくて、クローゼットがふたつあった）、付き添いちゃんが私生活のほとんどをサッカーづくしにしているのも（本田圭佑と内田篤人のポスターと地元選手のサイン入りシューズ）、私の部屋が分厚い本と薄い本で散らかっていたのも（片づけて『好きです鈴木くん‼』の全巻を用意）、それぞれに不完全なライフプランの表現型だったというわけだよ。

芸能レポーターが有名人のお宅を拝見したり、田舎の家族の夕食へお邪魔する企画の意図も察した。とある家庭の豪華だったり素朴だったりする室内の景色を、全国へ同じ時間帯に楽しく放映することで、視聴者に憧れや羨ましさ、冷笑や苛立ちを感じてもらい、より良い暮らしを目指させたり、実生活から目を背けさせたり、現状で我慢させたりするため、ではなかったのだ。冷蔵庫の使いやすさやお風呂の広さ、テレビの大きさは、住む人の暮らしを直に変えてしまう。なのに、もう持ってる人にはそうだと気づかれにくい。まだ持ってないのはどれか、もう持ってるやつはどうだったかを思い出してもらう必要がある。それこそ全国規模で。

つらいね！

貧富の差！

私もしあわせになりたい！

恋人とも別れたくない！

どうしてそう思ったかというと、三人の母親は、年齢もばらばらで、最終学歴もいろいろだったのだけど、太田裕美の「木綿のハンカチーフ」はみんな知っていたのですね。恋人の母親が「文学青年の空想って感じだよね」って笑うから焦ったのだけど、Amazonで調べたらＳＯＮＹが昭和歌謡のオムニバスをたくさんリリースしていて、わざわざTSUTAYAまで行って借りるのも面倒だったしYouTubeで聴いてみたわけ。恋人がiPhoneの画面をいじりながら「あ、松本隆か」とか分かるのが謎だったのだが。ともあれ「追憶の70年代。想い出の旋律がカムバック‼」。上京したくなくなった。私の恋人は勉強ができないからだ。

やがて冬休みはすぐに終わって、

「なので、税金のこともちょっと調べたんですけど、いまの日本で目指すならやっぱり主婦か公務員がいいかなという結論になりました。それで、休日にフットサルをしたり、小説を書いたり、服を買いにいくのがいいと思います。子育てするかとか、結婚するかはみなさんが決めることなので、この発表では立ち入りません。でも私は、この町を発展させてきたおばあちゃんたちみたいに、農家や漁師や定食屋の奥さんとして戦後を強く生き延びるような時代じゃないから、真面目に受験勉強を頑張ろうと思いました。以上です」

と、恋人は読み上げた。私が書いた原稿だ。拍手が起きて、三人が着席すると、先生は次の発表者を呼び出して、彼女たちは明治時代のフェミニズム運動について、森まゆみという人の書いた、『青踏』という女性たちの同人誌についての単行本を書評するスタイルで話した。

ビブリオバトルに影響を受けているのが私には分かった。彼女たちもあの書評合戦をニコニコ動画かダ・ヴィンチWebで見つけたんだろう。そのふたりはその1冊しか読んでないと私には分かった。樋口一葉は社会活動家なんかじゃない。作品を読めば気づける誤解だ。「明治　女性作家」で検索したら出てきたんだろう。私も現代語訳しか読んだことないけど。

そうしてその日の授業が終わって、付き添いちゃんを校庭まで送りとどけて、ふたりで帰ろうと自転車置き場まで来たときに、テープレコーダーを鞄に入れたままなのを思い出した。

だから職員室へ行って、

「『木綿のハンカチーフ』って知ってました?」

レコーダーのイヤホンのコードを本体に巻きながら訊くと、

「そりゃ知ってるよ。一学期のいつだかにテレビでもやってたじゃない。こぉーいーびとぉーよー、ぼくわぁーたーびだーつーぅー」

「上京しようとか思わなかったんですか」

「筑波が第一志望で、でも成績が伸びなくて、留年も出来なくはなかったんだけど、やめちゃったんだよね」

「どうしてですか」と私が問うと、

「先生になりたかったからだよ」と先生は答えた。

情報社会の大悪党
——あるいは弊社の石井ＧＭ

会社にいる石井さんはいつでも眠そうで、報告と確認を毎回だらだらする会議に遅れてやってくる。すべての資料へ目を通す。一人のプレゼンが終わらないうちに、司会を遮って長文連投、議題にケリをつけてログアウトする。

ラップトップには各部署から色とりどりの伝言と呼び出しと催促のふせんがびっしりと貼られている。デスクには紙の報告書が山積みだ。電子化された報告書は「承認」をクリックするだけで済むので業務効率化に役立っているはずなのだが、画面あたり１００通も溜まったのを一括処理するわけにもいかなくて、暇な若手がＩＤを借りてログイン、署名と捺印を代行している。そんな噂がある。バレたらクビだろう。暇な若手が。石井さんは減給か厳重注意を食らう。

「無理」「了解」「まだ?」「読んだ」「やり直し」「明日やる」

心が追い込まれているとき、石井さんが部下へ送るメールはこの6種類しかない。問い合わせや依頼の書かれた本文を、全文引用返信してタグ付けするように仕分けていく。宿題さえなければ、ぼくは20時からの生放送も予約なしで見られる。タイムシフトもやめた。部活帰りの女子高生と同じひと時を共有している。役立たずの烙印を自宅で自分の頭へ毎日ぺこぺこ押していく日々だ。賢くなった手応えだけがあって、何も実績に結びつかない。

ごめん、無理。

> To. 各位
>お疲れさまです。総務部西村です。
>下記の通り業務改善講座を開きます。
>添付のpdfに今週の課題と集合日時を書いてあります。
>お忙しいところ恐れ入りますが、よろしくご参加ください。

>とりわけ石井GM、すでに6回欠席しています。
>次こそご参加ください。

>以上、よろしくお願いします。

石井さんはちがう。定時に出社して定時にいなくなる。仕事は持ち帰るらしい。家には家族が待っている。３人で夕食を済ませて、世の社会人が「衛星中継　巨人×阪神戦」や「クローズアップ現代」や「痛いニュース(ノ∀`)」や佐伯泰英を消費している夜更けに、書斎でタスクリストを黙々とつぶしていく。

「お母さんお風呂入ったか見てきて」

言われた息子は書斎をこっそり覗いて、「Don't disturb」よろしくドアノブにかけられたものを取って居間に帰ってくる。濡れたバスタオルだ。息子は汚染されたものを処理するように、親指と人差し指でつまんで洗濯機へ。

「ひきずらないで」

どうせ洗うのだが、バスタオルの汚れを夫は心配する。

ぼくはいつも少し残業して帰り、食べられるものを食べ、有料会員は見放題の古い洋画や新作のアニメを漁り、物好きしか読まないような古い小説をめくり、紙で揃いで買うにはかさばる人気漫画を違法サイトから落としているうちに眠っている。

たまにむなしくなって、とにかく勉強しなくては、芸を身につけねばと思い、英会話学校のパンフレット動画を開いたり、経済系一般誌の課金サービスに入会したりもするが続かず、いつか仕上がるはずのフリーゲームのシナリオはパソコンの奥の隅で日に日に古びていく。学生時代に買った初音ミクは長らくクローゼットにしまったままだ。

そしてぼくらは出勤して、

「おはようございます！」

「おはよー」と石井さん。

子守か性交か残業で疲れた顔をしていた。１日は日が昇ってから沈むまでしかない。どうでもいいことは数えきれないほどある。「人生の意味」を感じさせてくれる作業には手が抜けない。だから石井さんは、プロジェクトと部下をたっぷり抱えて、「家族愛」を発揮できる局面には逃さず居合わせ、片手間に時事をたらふく読みあさる。

それだけやって、業界内中堅企業の代替可能な中間管理職なのだから、人材の階層の頂上にはどんな猛者がいるのか想像もつかないが、徹夜明けでモンスター・エナジーを喉に流し込むぼくや同期の横で、漢方薬なのか、なんか中国っぽい意匠の瓶詰め飲料を石井さんはあおっていて、この人、生きてて楽しいのかな。

「いいから死ぬ気で働けよ」

ぼくの恋人は言う。

「ごめん、無理」

身が持たない。

「起業するんでしょ？」

酔って吐いた愚痴の実現を素面で問い詰めるような女と恋をしているぼくは、自分の夢を持て余している。オーバーサイズ、オーバーキャパシティ。趣味はセカイを変えること。トーキョー・ノマドの若き革命家。フォロワー4桁、フレンド3桁、マイミク多数、上位層向けＳＮＳの招待状は漏れなく届き、夢は「35歳までに自分の会社を持つこと」。社会的影響力をさして持たない平凡な勘違いの旗手。それがぼくだ。

「若い頃ってそういうもんだよ」

そう言う石井さんはどうだ。わからない。近頃の悩みは「エジプト革命の終焉と韓国大統領選挙」だそうだ。社内用ＭＬ《メーリングリスト》の冒頭に少し長めの近況を書く風習が弊社にはあって、字でも声でもお喋りな派遣社員の女の子が始め、字でだけ饒舌になれる若いＴＬ《チームリーダー》が広め、うっかり「来月の目標」と書いてしまったＰＬ《プロダクトリーダー》の大顰蹙がなし崩しにしてから、石井さんの本音が聞ける数少ない場としての意味しかなくなってしまっているのだが、そこへも彼女は家族のことを書かない。

「嫌いなんですか？」

どこかのチームのバカに問われて、忙しいのに、強いてたっぷり書いてくれたそれが拍子抜けするほどつまらなくて、平凡で、なんて言えばいいか、「良き父たるための成長幻想」から抜け

出せていなくて、

「スティーブ・ジョブズがついに引退してしまいました。健康不安が噂されていましたから、いつかはこうなると誰もが思っていたと思います。残念ですが、仕方がないことですね。時代はこうやって変わっていくんだ……。私たちも彼を見習わなければいけないな。そうそう、引退報告を見つけたから、転載しておきます。ディム氏は神がかり的な在庫調整の手腕で知られていた男。きっとアップルを良い方向へ導いてくれるでしょう」

これを読んでぼくらはどうすればいいのか。ともあれ公式発表を引き移しておく。

Apple取締役会およびAppleコミュニティーの皆様

私はこれまで常々、私がAppleのCEOとして職務と期待に応えられなくなるような日が来たときは、私からまず皆様にお伝えすると申してきました。残念ながら、その日が来ました。

私はAppleのCEOを辞任いたします。もし取締役会が認めてくださるならば、取締役会会長、取締役そしてAppleの従業員として今後も務めさせていただきたいと思います。

私の後任には、継承計画を実行し、ティム・クックをAppleのCEOに任命するよう、強く薦めたいと考えています。

Appleの最も輝く、最も革新的な日々はこれからだと信じています。その成功を新しい役で見守り、また貢献したいと思っております。

私はAppleで、生涯で最高の友人と言える人たちと出会いました。長年にわたり、皆様と一緒に仕事をさせていただいことに感謝いたします。

スティーブ

石井さんたちの世代が受けた衝撃はなんとなく察しがつく。実感は湧かない。ティムはディムじゃない。橘さんはこう語る。

「ソニーができなかったことをアップルはやってのけた。昭和の音楽機器の革新と平成の情報機器の革新を並べて比べるには、さまざまなことを無視しなければならないが、暇つぶしに向けられる欲望のスタイルが、『とびきりのあれがしたい』から『何か楽しいことがしたい』へと移った時代だったのだろう。『林檎屋』の『店主』はとうに隠居して仙人になっているように見えた。そして下界へ降りて来ていた。世界中で彼の言葉や思想に群がっていた、信心深さもさまざまな男たちは、きっとまた別の教祖を探し歩く退屈な旅に出るだろう。リンクを辿るだけでいいのだから。移り気な若者はもう、目立たないところで質のいい職人仕事をしている、カリスマの萌芽を見つけているのかもしれない。よく知られているように、愛が冷え、夢から醒めて、別れてから新しく好きな人ができるまでの時間は短い。0日でさえない。『好きな人ができたの』別れる半年くらい前から、妻はしばしばそう言っていた。冗談ではなかった。本気でさえなかった」

橘さんは出世できない。せっかくの空き時間にこんなことばかり書いているからだ。High-consciousな学生や、ぼくみたいにめげやすい若手社会人へ向けた、励ましと労いの言葉をこの国に貯め込んでいる。どんなに昇進したくても、下の世代ばかり見ている人が、這い上がっていけるわけがない。「やること」をすっかり終えた人が手を出すのが「教育」であり、「啓蒙」なのであって、「やること」どころか「志」さえ固まっていない橘さんは、石井さんには勝ち目がないのだが、そうとは気づかない橘さんは石井さんをどうにかして追い落とそうとする。

たとえば？　書いていいのかな。数字をいじったり、道具を隠したり、席をとっておかなかったり、悪口を広めたりしているのだ。社内の人間が見ればたちどころに「石井さんのことだ」とわかるような書き方で、匿名で、就活生が集まる場で罵詈雑言を書く、とかね。

うさ晴らしにはよかろう。そして会社は伸び悩む。整った設備と豪華な人材と潤沢な資金が、社内クレーム防止や非効率な残業や接待費に消えていく。

アイデアを練り、商品を作り、売りさばいているのは、働いたら損だと気づかない一部の愚か者と、働かなければ損だと気づいている一部の仕事中毒者だけで、ほとんどの勤め人は仕事をサボる口実を見つけるためにこそ働く。

仕事と「仕事」はちがう、とは橘さんの言い草だ。文学青年だったらしく、本当の仕事と、世間一般が仕事だと思っているが実はたいした価値のない「仕事」の差を、「　」を付けることで強調したがる。

橘さんの仕事は技術屋の取りまとめと仕事の把握で、石井さんは技術屋の現場の長で、ぼくはその下っ端だ。やりくりが下手なのか、上からの抑えつけに弱いのか、橘さんはいつも技術屋の底力を少なく見積もり過ぎていて、石井さんは要らない打ち合わせにしょっちゅう呼び出されて暇を潰される。

「できますよ。余裕です」

信じてもらえないから、要らない事業計画と要らない工数見積もりと要らない進行管理をやらされる。石井さんが。でも無理だから、

「橘さん、進行表メンテしといてもらえませんか?」

「いいですよ」

「ありがとう!」

お礼を言う/言われる筋合いは本当はないのに。そしてぼくに仕事が落ちてくる。時差ができる。すれ違いが生まれる。ミスが起こる。ちいさな伝え忘れ、聞き落としが見逃され、長びいて、気づいた頃には埋め合わせにかかる手間・暇がとんでもないことになっている。

表向き、市場向けには何事もなかったように取り繕えはした。納期がまったく間に合わなくて、深夜残業と応援調達で社内全体の足並みを崩してしまった。要らない人件費、光熱費、福利厚生費を生んだ。

理由はいくらでもつくが、管理屋の下っ端に注意された石井さんに橘さんが叱られて、彼に鬱憤晴らしに毒づかれたぼくは心の具合を悪くして1週間ほど寝込み、それがきっかけになって、いくつかの品定めと精査を経て結婚した。それから半年で立て続けに四人が結婚し三人が離婚し

た。潮時が伝染したらしい。祝い、祝われているうちに、誰が誰と結婚したのか、誰と誰が別れたのかわからなくなる。子育てのための諸費用を稼ぐための残業続きで、濃霧に包まれたような日々が続いていたころ、石井さんがぼくのデスクにやって来て、

「今日、晩くなるから。よろしくね」

泊まりですか？

「終電までには帰るから」

やっておいたほうがいいこととか、あります？

「もんちゃんに晩ご飯作ってあげて」

家に帰ると、椅子につま先立ちで立ち上がって、ダイニングテーブルに腹から肘までべったりくっつけて俯けに寝そべって、灰皿やテーブルワイン、食卓用調味料の瓶に囲まれながら、両手で抱えたiPad2の画面を食い入るように見つめている、5歳くらいの男の子がいた。

「ただいま」

テーブルに出勤鞄を置いて、パソコンを取り出している間も、

「おかえり」

こっちを見てくれない。のめり込んでいる。挨拶どころではないようだ。つま先立ちは危ないかと思いきや、時々両足をぶらぶらさせるところを見ると、重心はテーブルのほうにあって、椅

子は、足先が寂しいから触れていたいだけみたいだ。

「ご飯は？」

まだだった。冷蔵庫は空っぽで、最寄りのコンビニで買い揃え、二人で食べていると恋人が帰ってきて、

「何それ美味しそう」

その時ぼくらは「東京牛乳の白いミルクメロンパン」を食べていた。新発売だ。

三人で分け合う。

「おいしいね」と言うから、

「おいしいね」と言うと、

「おいしいね」と言うので、楽しい。生きている感じがする。

夕飯を食べ終えて、書斎のラップトップで『六本木少女地獄』を読んでいると、

「話があるんだけど」

仕事を辞めてくれないかと切り出された。

「そのほうが二人のためになると思うの」

彼女の試算によると、このままではあと2年でこの家庭は崩壊してしまうらしい。暮らしていく分には二人の収入の増え具合は申し分ないものの、「もんちゃん」を海外の高校へ通わせたい。二人もそろって移住したい。それには稼ぎの伸びが足りない。「もんちゃん」と過ごす時間は減る一方だ。これでは子どものためにならない。どちらかが常に家にいるべきで、それはぼくだ。なぜなら出世しそうにない。新卒時点の力量からして、私とは出発地点がちがってだいぶ出遅れてるし、すごい努力をするから待ってて欲しいとか言うけど今のところ口だけでちっとも伸びてこないしあなたにはビジネスセンスがないんだと思う。

だから、

「来月から、あなたには家でもんちゃんの子守をしてほしいわけですね」

上司みたいなことを言うが、本当に上司なのだから、上司として言っているのだね。

「わかったよ」

ぼくがそう言うと、

「本当？　うれしい！　大好き！」

抱きしめられ、抱きしめ返し、そのまま性交へ持ち込もうとしたが拒まれ、

「明日、会社にもんちゃん連れていくから、お願いね」

「なにを？」

「子守？」

「仕事は？」

気づかなかったという顔をして、

「いま、何してたっけ。でも大した仕事任せてなかったでしょ」

思い出しあぐねていると、すらすらと暗唱してくれた。さすがですね。彼女の今週の予定も確かめたら、確かにぼくは大した仕事を任されていなかった。偏差値54といった難易度の職務。

夜更けに二人とも持ち帰りの作業を終えて、ぼくが書斎、彼女は子どものいる居間へと向かうところで、

「ねぇ」と呼びかけて、

「どうして」

と問うてみた。

「どうしてぼくはあなたと結婚したんだろう？」

「好きだからじゃない？」

納得はしたけど、訊きたかったのはそこじゃないんだ。

翌日、ぐずる「もんちゃん」を連れて出勤するが、石井さんはぼくのことをまるきり無視している。記憶を辿るとどうやら前に付き合っていたらしい女の子が、

「かわいいね」

ぼくのデスクへ訪ねてきた。いまの彼女の交際相手は夢追い人で、アニメやゲームを通じた町おこしをしたいのだが、彼女の交際相手の容量では仕事との両立をしていられない。だから無職で家事をしているそうだ。きっとぼくみたいなやつだろう。彼女は似たような男ばかり好きになる。

そう思って話を聴くと、そうでもないらしい。あまり付き合ったことのない種類の男らしく、考えを汲んだり、気持ちを寄り添わせるのに苦労しているらしいが、しかしその男、ぼくとは似ても似つかないというところが、いかにもぼくにそっくりではないか。

二人で雑談していると橘さんが仕事を急かしに来て、

「おい、子どもじゃないか」

「うちの子です」

いきなり前の恋人が黒い冗談を言うからひやひやする。

「付き合ってたの？　二人」

橘さんが鈍いせいで、

「言ってませんでしたっけ？」

前の恋人が応える。

誰の子どもかを含めていきさつをそれなりに伝えるはめになる。誰も得をしないやりとり。石井さんはオフィスにいなかった。ひとつの階だけで300台もラップトップが並ぶこの広いフロアで、誰と誰のつながりが見える化されたところで、一線を踏み越えた反応をする人なんていない。

「そうだ、結婚祝いに、今夜飲みに行こうよ！」

橘さんの他には。

酒席でも、

「どうして結婚したの？」

「なんで別れたの？」

「新しい彼氏は？　どんな人？　優しい？」

知らなくてもいいことを聞かなくていい時に訊ねる。人と言葉を交わすときの、遠慮や匙加減を学べないまま歳をとってしまって、仕方なく本の虫になったのがよく分かるふるまい方。参加者たちで無視していると、機嫌を損ねて犬のように酔いつぶれ、

「疲れた。つらい。生きづらい。もう無理かもしれない」

弱音を吐く。敗残兵だ。地頭がいい人だから、愚痴をこぼしながらでも人並みより仕事が捗って、相応に出世をしているのだが、これでは生きていても楽しくないだろう。

「橘さんはいないんですか？　彼女とか、奥さんとか」

「モテないからね。ずっと童貞だよ。身も心も」

嘘だとしても、周りをしらけさせるようなことを言ってはいけないと、この人は学んでこなかったのか。石井さんが苦笑する。ぼくの顔はひきつる。前の恋人は大げさな笑顔で合いの手を入れて、空いたグラスを目ざとく見つけて店員を呼ぶ。

そして翌朝の、ぬかりなく支度しておかなくてはならないし、まして外せるわけがない打ち合わせに遅れ、プレゼンもぐずぐず、石井さんに強く叱責された橘さんは、半月しないうちに仕事を溜め込み続けて消化できなくなって、心を病んだという口実で会社からいなくなった。スティーブ・ジョブズが死んだ2日後だった。「もんちゃん」を預かってくれる友だちを探して、明け方は出社前に引き取りにいって、ぐずり泣くのをなだめながら早朝の通勤電車に揺られていたときは、打ちひしがれていた橘さんに何ひとつ同情しなかったが、

「お見舞いにいきましょう」

石井さんは元・上司として、あれこれのことを口封じするなり、これからの成り行きを知っておくなりしたかったらしく、白くて臭い病院のベッドで、膝を抱えて「ちから」を2倍にする呪文を唱えていた橘さんに向かって、「してはいけないこと」を無駄なく手短に伝え、お悔やみの言葉と復職への祈りを口にし、建物から一歩出たところで、

「ご飯たべて帰ろー」

「二人きり久しぶりだし」

何事もなかったかのように、休暇を一緒に過ごす新婚らしい、温かい空気を作り上げる手際には、正直なところぞっとしたが、

「美味しいね♪」

「びっくりしたんだよ？」

「なんでだよぉー！」

甘えたくなった人は、何歳になったところで媚びた言葉づかいをするんだね。すてきだけど、息苦しい。かわいいは死だからだ。顔色を深読みして、近づく老いの気配に身構えてしまう。

大好きな女の子と歩いているとき、時々ものすごい吐き気がするのは、あれはなんなんだろうね。

その大好きな人から呼びかけが来たとき、触れあいを求められたときに、どうしていいかわからなくて、自分が大好きなこの人なんかすぐさまこの世からいなくなってしまえばいいのにと、うっすら願ってしまう。あの肌寒さはなんなんだろう。

「そういうことってない？」

恋人に問いかけると、

「そんなさみしいこと言わないでよ」

石井さんは、

「どうしても無理なら拒めばいいんじゃないかな」

恋人と石井さんが同じ人だということを、身体が受け入れてくれない。

そこで、職場で、持ち主の帰りを待ち続けている、ふせんとメモ書きがびっしりと貼られたラップトップの前に腰かけて、電源が切れたままの画面を見つめながら、くたびれたキーボードで、何も打ち込まれない打鍵をする。スーツを着て、ネクタイをしている意味がわからないし、スーツを着ず、ネクタイもせずにいるのは耐えられない。窮屈。「だったら死ぬまでいっぱい虚しいことしよーよー」と、書いてみると寒くて消したくなるが、そう言ってくれた人は他にいなかったから、一緒に過ごすようになって、前の恋人よりも飲みに行く数が増えて、話したいことがたくさんあって、だから、結婚しようと思ったんだけど、何かをまちがえてしまったような気がする。社内電話がかかって来て、とると、石井さんを探している人がいる。「この階にはいませんよ」「Google+見れます?」「はい」「どこにいるとか言ってません? 写真の投稿とか現在地のチェックとか」「特に……」

残念そうに切る。別の会社の誰かと打ち合わせだろう。当分ならまだいいほうで、下手をするとこのまま翌朝まで帰社しない。どの部署の誰からか書置きをして貼ると、隣席の男の子が気まずそうにしている。画面を眺めていた。マウスを手に、難しいことを考えているようだ。

知らない男とぼくにはわからない話をしているのだという風にとらえると、これ見よがしに浮気されているような気分になれる。「もんちゃん」と仕事がある以上、石井さんはぼくを全身で愛してくれない。


だからぼくは石井さんをもっと知ろうと思った。そうして覚えている限りのことを書き出してみてわかった。信じられないことにぼくは石井さんの伝記的事項や関連人物をまるで知らなかった。出身地も、中学時代の同級生も、両親の名前も、好きなアーティストも、嫌いな食べものもわかっていなかった。

こう言うとこう答えるとか、こういう顔のときは機嫌が悪いとか、これをすると喜ぶとか、そんなことしか知らなかった。長く付き合っていれば誰にでも知れてくるようなことばかりで、そんなものはいくらでも偽造できる使い捨ての思い出だ。

ぼくは彼女の記憶が染みついている事物へ触れられていなかった。彼女の葱はぼくの葱とはちがう葱なのに、そのことを気にもとめずに、洗って、刻んで、ふりかけて、食べていたというわけだ。でもいまさらそんなことを訊くのは時季外れだし、うっかりして別れ話を持ち出されてはたまらないから、このことに気づいた日の週末、彼女と「もんちゃん」を家から追い出して、ぼくは彼女のライフログを手に入れられる限りすべて集めることにした。丸一日かかった。妥協を許さなければ死ぬまでずっとこれを続けられたにちがいない。

たとえばこれは、石井さんが読んだ本についてのコメントで、

疲れるばかりだった。

これは、石井さんが初任給で両親を北海道へ旅行に連れていったとき撮った鮭の写真のキャプションで、

こんなんで生きてて楽しいのかよ、こいつ（笑）

これは、石井さんが苦手な上司と知らずにうっかり出すぎた付き合いをしてしまっていたことに気づいたときの応答で、

匿名の場とはいえ、出すぎた言葉づかいを失礼いたしました。どうぞ非礼をお許しください。

向後はカジュアルさのなかにも最低限の嗜みを弁えた書き込みをいたします。この度は本当に申し訳ありませんでした。これからも何卒よろしくお願いいいたします。

泣きたくなるね。本当に、石井さんが心の底からこう書きたいと願って書いたと信じられるものが何も見つからない。民間人が私用で使うWebサービスのアカウントで、ぼくのように大して頭のよくない民間人が読むんだ。その気になればいくらでもなりすましや捏造ができてしまうだろう。馬鹿げてる。何がって、神経質な自分が。ぼくは何をムキになっているのか。こんなものが何も愛なのか。そうだ。愛とは、ぼくがあなたへ送り、受けとった気持ちと言葉と物の総体で、そのあっけなさに拍子抜けして、ないものねだりをしてはいけない。

だからぼくは暇を見つけて恋人を呼び出し、二人きりになって、およそ考えつくありとあらゆるいやらしいことをする。二人は大喜びだ。愛し合っているのだからね。すべてが愛しい気持ちの表明になる。歩くこと、話すこと、触れること、気づかうこと。

それでも満たされない、消えないから、埋め合わせるには、石井さんに関わる些細なあれこれがどうしても要るのだ。それを集めるのだ。許される限りで。抑えられる限りは。

「どうしたらいいんだろう？」

「どうしようもないね。我慢しなよ」

「ふざけるな。そんなことは出来ない相談だ」

「ハァ？」

「だって好きなの」

「知らんがな」

というわけで、いま、ぼくをもっとも癒してくれる、静かで、清潔で、美しく、短く的を射た、石井さんについて書かれた文章を紹介して締めくくろう。作るのに半日かかった。特に前半部に手間取った。


１９７８年、石井裕和（当時27歳、高校教諭）と夏子（当時23歳、短大卒）のあいだに生まれ、真弓と名づけられる。長女で、３歳下の弟がいる。北秋田市立鷹巣小学校、北秋田市立鷹巣中学校、秋田県立秋田高等学校理数科、東京大学理学部卒業。２００１年４月より弊社へ。２０１０年４月より情報系ソリューション統括G　グループ・マネージャー。世田谷区のマンションで暮らしている。二人目となる夫・優人（27歳、同社情報系ソリューション統括G）、息子・拓人（４歳）と暮らしている。定期購読誌はThe Wall Street Journal、週刊東洋経済、The Guardian、The New York Times（自称）。本当は、GIZMODO、GIGAZINE、ITmedia News、ライフハッカー、TechCrunch。

こよみのうた

1.

ひからびて
損なわれたつぼみを
散らす　海風に
ゆられたあとで

2.

ほどよく刻んだ季節の記憶を
かき混ぜて、冷暗所で
その日まで寝かせておけと命じる
飽けば満たせよ　産めよ増やせよ

3.

もしもすべての日曜日が日曜日なら
ラッキーアイテムは奇跡の星占いかもね
あさってはどこへ行こう
休日が閉ざされないうちに

4.

すぐにでも読み終えるべき日本語で、どうしても書いておきたい文章です。
次々とあなた、私を急かすから、
何らかの個性が発揮されている程度では、表現上の本質的な特徴を直接感知できない。

5.

つづけてください。

はい、この会話をそのまま続けましょう。

何か質問はございますか？

6.

きっと毎日が日本語話し言葉コーパスの韻律ラベリングテスト（人手による）

7.

去勢された夏休みを一頭買いし、部位ごとに切り分けて磨く。かたまり、厚切り、うす切り、こま切れ、ミンチに。残ったかけらを集めてすり潰すと、すっかり冷えたエスプレッソ1杯分の息抜きが抽出される。ありふれたたとえ話を聴きながら、印字された消費期限と成分表示を見る。出荷月齢は平均29ヶ月、平均寿命は約20年だという。食べきれずに捨てるか迷う。こんにちの芸術は食べきれない。みんなの生きがいだから。

8.

さむらいのおとむらい
たたかいはおしまい
ひだまりに
ゆめのおと

9.

消したら消えて
もう暗がりだらけで
目に焼きついた光の名残りは
あかつきに降りそそぐ灰のちらつき
2回連続で出すことができない
泣かない夜もあったはずだと
崩れ落ちた塔に埋もれた
ともしびの行方を見つめる

10.

産みたてはまだ汚れているから
洗卵選別機にかけて殺菌消毒する　革命の後始末
ひび割れ、穴あき、血まみれ、火薬の臭い
斬り落とされた、赤いとさかの白鳥の首
犬用おやつを届けたくて、昔から保存しています

11.

今夜もさむいね
仕事は楽しい？

12.

おやすみなさい　また会いましょう
おやすみ、おやすみ、おやすみ
おやすみ、おやすみ、おやすみ
おやすみ、おやすみ、おやすみ

II

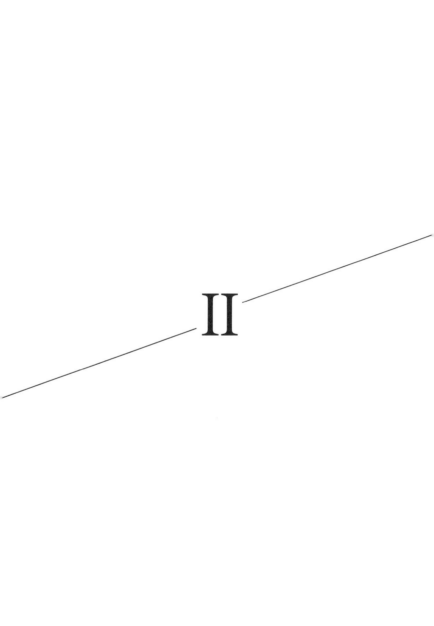

プリティ・リトル・ベイビーズ

空欄に表示された一行の通知。ある日、武田さん家のお父さんは、たとえば授業やテレビドラマ、家庭用ゲーム、父親の書斎にあったあの作家のあの作品に触れた。それが初体験だった。大判の日本史資料集を読みふけり、図書館へ通い、本屋のあの棚の前をうろついて、ウェブサイトを巡回するうちに、気づけば恋をしていた。

別になくても死んだりしない。だけどあの事件のことや、あの人物のことが取り上げられたとなると、番組だろうと、記事だろうと、感想だろうと、つい気になって、目を通す。次回作を待ち望む。史実との辻褄が気になり出す。数をこなす。新人作家の味見をする。いつか書きたい自作評論の冒頭を妄想する。

独りでこっそり関連商品を漁っているうちに、だいぶ「歴史」には詳しくなって、身近な誰かと――「伝統文化」の先生かもしれないし、「地方大の教授」かもしれない――深くて濃い話題をやり取りするようになった。検定に出る歴史用語のことならいくらでも喋れる。

きっとそんなふうにして、戦国武将に詳しくなったんだろう。独自の想像を膨らませて、二次創作めいたものに手を出しているかもしれない。初めて武田さん家のお父さんが作った作品は、出来栄えはよくなかったけれど、自分なりに気に入っている。投稿場の管理人にも歓迎された。

菊池寛がこんなことを書いている。

「凡庸な人たちが、少年時代に家に伝わっていた八犬伝を読んだり、兄さんや姉さんに文学好きが居て、だんだん小説を読み始め、その結果として、作文の時間に乙な文句でも書くと『作文がうまい』などと、誉められてムラムラと将来の文学者を夢見たのが、その『生い立ちの記』であると思う。さいわい学資の都合がつき、中学を経て早稲田なり帝大に入って、文学をやることができ、たまたま友達に文学好きがいて、同人雑誌を始めたなどが文壇に出るいい機会になったのではないかと思う。余人は知らず僕などはそれである。僕などの如く、天分などというものは、夢にも持っていると思えない者は、天下の文学青年に対して『芸術に携わるには天分がいる』などと、義理にもいえない」

この人は、ほんとうはものすごく「天分」があるのに、そんなのぜんぜんないふりして、読む人を元気づけるためにこんなことを書いている。世間で「天分」を偽装する人たちに冷や水を浴びせたいのではなくて、「凡庸な人たち」が一息つけるように。武田さん家のお父さんも、彼の世界では「凡庸な人たち」の一人だ。

どの戦争のことでも指し示せる言い方をすると、「あの戦争」が終わってから、かなり長い時が過ぎた。武田さん家のお父さんはどの戦争のことも知らない。明治生まれじゃないし、どこかで見聞きしたことの寄せ集めでしかものを考えられないし、その寄せ集めも、上からのおさがりばかりで旬じゃない。

武田さん家のお父さんの祖父母がそうかはわからないけど、とれたてぴちぴちの「戦争体験」を、頭の片隅へ大事に寝かせておいて、夜、家族が寝静まってから、なるべく触れたくないけれど、でも触れずにはいられずに、つい思い出してしまう。やりきれなくて、やるせなくて、ところどころ嘘を絡めて、せっかくなら面白く、かっこよく、むごたらしく、えげつないくらいに書く。それが次世代にいきなり価値を持つ。何も知らない若者が、かえって珍しがって、親しんでくれて、しかしそのとき肝心の著者はもうこの世にいなくて、残された親族が——急に注目されて、あたふたしながら、長らく訪ねていなかった実家の物置を開けて、自分より故人に詳しい人のまえで、「ええ、生前のあの人は」「はい、そんな人物でございました」——その場をとりつくろうために、真実と嘘のすれすれを語る。

そんな事件を夢見はするが、悲しいことに武田さん家のお父さんは、まだ半世紀さえ生きていない。ご近所にさえ知られていない。だから武田さん家のお父さんは今週末も、家族にへこへこしながら図書館に通う。資料館をめぐる。検索エンジンを走らせ、他人の著作を盗み見る。それを「みんな」へ報告する。

妻にも秘密の「みんな」だ。地味だし、ぱっとしない趣味だから、リアルへ持ち出すには憚られるというので、武田さん家のお父さんは、珍しく残業の少なかった日、飲み会に行かなくて済む夜、妻が遅くまで帰らない休日に、「歴史や史跡にすごく詳しい人」として楽しく生きる。ランキングには載らないけれど、目の肥えた受け手の一人として、作り手たちから注意を払われている。それなりの「信頼と実績」はあると自負している。暇を見つけて検定を受けたい。

だから武田さんと話すとき、ぼくはどうしても気まずい。彼女は同世代の文化に詳しくて、年上の知り合いも多いし、深夜の生放送で下着姿をさらしたこともあるという噂だ。

成績通知を、

「学習成績は良好で、規則的な生活を送れています。この調子でがんばりましょう」

学校帰りに見せてもらったことがあって、

「すげぇ」

「でしょー」

「いや、成績じゃなくて」

お金のない家庭で生まれ育ちつつあって、ひと通りのネット・リテラシーさえ身につけていないぼくは、

「何円くらいするの？　月額とか」

「わかんない。お父さんがくれた」

「そうなの？」

「でも古いよ。去年のだから。動作も遅いし」

設定上は十八歳である武田さんが、誤って実年齢で登録してしまったぼくに、身の回りのあれこれを撮って共有してくれるのがうれしい。ぼくの家族には撮るべきものがない。情報社会の高波に乗って懐古趣味に走れる父親も、ブログで勝手に娘の私物を公開してしまう母親も、親に隠れてパソコンへ向かう午前二時も。ぼくの母はアルバイトだし、父は奨学金の返済でゆとりがない。パソコンを買い換える余裕なんてなくて、携帯電話だって何世代前だよという遺物を使っている。

それがぼくで、塾へも通えず、部活の加入も見送られ、視聴者を馬鹿か外国人だと思っているテレビ番組を見せられながら、とりあえず貧しいよね。姿勢は悪いし。たぶん同世代の中国人のほうが裕福だし、アメリカ人のほうが高学歴だ。

ぼくと武田さんが知り合ったいきさつは、適当に検索してくれれば出てくるから省略する。代わりに別のことを話したい。検索しても出てこない情報に価値はないでしょう? ぼくらの出会いには、アクセス数を伸ばせるキーワードもなければ、シェアされやすいトピックもない。なによりまったくエロくない。武田さんはさまざまに淫らなふるまいを教えてくれたけど、彼女のコンテンツとしての価値は画像検索用の素材になるくらいだった。

ここでは条件をぐっと絞って、そうだね。エロくない、笑えない、癒されない、ためにならない、流行らない。そんな話をしていきたいものです。疲れるからね。逆に難しいかな。どんな分野でも掘り下げると役に立ってしまうでしょ？　無知でいること、無垢を守ること、清潔でいること。そんなの無理だ。「すきなたべもの」さえ人の役に立ってしまう。

武田さんはぼくより数年早く生まれたらしい。生い立ちがバレる話題を二人とも避けている。だけど「インターネット」がまだ真新しく、怖いものだった時代に育った女の子だということはうっすら分かる。思想としての、文化としての、社会としての「インターネット」。武田さんは社会のルールにうるさいほうだ。きっと昔、痛い目にあったことがある。調べれば遺物が出てくるはずだ。現実で嫌なことがあって、逃げ込んだ先に、もっと嫌なやつがいて、そいつは年上。武器は文字しかない世界。口論で勝てるはずもなく、泣きながら愛機の電源を切った夜が心の傷になっていて、だからぼくが借りてきたような言葉づかいをすると、

「やめなよコピペ、馬鹿になるから」

「ちがいます」

「ちがわない」

「ぼくの独創です」

「じゃあこれは何だね」

貼られたリンク先へ飛ぶ。ぼくみたいなやつがぼくみたいなことをぼくみたいな口調で言って

いる。ちがうのは日付と筆名だけ。

「ぼくはまだこんなこと言ってない」

はいはい。

「本当だよ、思ってただけ」

そうだね、きみは賢いね。

「馬鹿にしないでください」

してないよ。言いたいのは、きみくらいの賢さでは、ここでは頭角を現せないということだ。

「どこですか」

ここ。

「ここですか」

ここに武田さん家のお父さんはやって来ないし、来てもそうだと証明できないだろう。「武田さん家のお父さんにしか知りえない情報」は、彼自身による深夜の自分語りで惜しげもなく公開されていて、きっと彼の周りの「みんな」は、武田さんのお母さんよりも彼に詳しい。

ちなみに武田さん家のお母さんについて、ぼくが調べてわかったのは、
・夫の趣味には関知しない。

・節約と貯金をしたい。
・帰りが遅い。
・趣味でプログラミングを覚えたい
・娘との仲は悪くない

といったところ。現在地検索をしてもそれらしい人は見当たらなかった。情報が少なすぎるし、自分の居場所を常に明らかにしてくれるほど、他人に律儀じゃないんだろう。

いつだったか、武田さん家のお父さんがたまに訪れて、ネットサーフィンして帰っていくファミリー・レストランへ行ったことがある。在日アメリカ人三世の友達と二人で出かけた。店には日に焼けて、肩幅の広い、太股の太い大男が何人もいた。注文と投稿の一致から、そのうち一人が武田さんのお父さんだと推定できた。ファストファッションに任せきりの清潔でお洒落な身なりだった。中途入社して警備会社で働くうちに、身体つきだけ立派になったのかもしれない。武田さんか武田さんのお母さんだろう女の人が向かいに座っていて、空欄に表示された一行の通知。

「ただいま」

武田さんからだ。あなたのお父さんらしい方とご一緒しています、なんて言えないから、

「おかえりなさい。試験ですか?」

沈黙。着がえかな。

「こくごはむずかしいね」

お父さんらしい人は談笑を続けている。任天堂製品を与えられた三世は黙って遊んでいる。ぼくは返信を考える。向かいの女の人はスマートフォンを見つめている。内装や店員や音楽のことはよく覚えていないから、気になる方はお近くの店舗へぜひお越しください。

「いま、ぼくはどこにいると思います?」

呼びかけると、

「えー。しらんよ」

漢字変換も面倒な状況らしい。「いま、どこにいるんですか?」も「自宅ですか?」も、余計なことを察知されそうだった。「着替えました?」

「まだ」

「まって」

「ぬいでるから」

返信を待つ。

「いいよ。用件は?」

「国語の試験ですか?」

ぼくは質問が下手だ。

「そうだよ、なかじまあつし」

「虎ですか」

「とらですね」

「がおー」

「ぐおー」

「お待たせいたしました！」

三世の注文した商品が届く。熱々だ。つまみ食いすると美味しい。彼はゲーム・スキルと遊び相手に乏しい裕福な少年で、一人で遊べないから、ぼくが誘うとついてきて、ご飯やお菓子をおごってくれる。すぐにぼくの注文商品も届いて、二人で食べながら、武田さんのお父さんらしい人の話に耳を傾けられるほど近くには座れていない。ドリンクバーからもっとも遠い席へ連れて行かれたぼくたちと、彼らのあいだには４客分の席があった。道路に面した窓際で、ぼくたちの横を次から次へと人が通り過ぎていった。食べ終えたあとのぼくらも流れに加わった。

貧しい人が一夜にして貧しくなくなるが、やっぱり貧しい暮らしへ戻る。これは昔話によくあるお約束で、裕福な人が貧しい人の目をごまかすために考え出された、心温まる感動のフィクションだ。しばらくして、ぼくは大量の個人情報を違法に扱う会社で働くことになった。アルバイトだ。相変わらずぼくは働かなければ生きていけなかった。訴えられたくないから書かないが、違法なわりに時給はそれなりだった。熱心に出勤した。社会保険料と通勤手当がもらえるようになった。店内の表と裏を知りつくし、部下を持ち、昇給を知らされ、上級者向け研修に呼ばれた。そのとき、本社にいた人に頼んで、マーケティング用の顧客属性資料をちらっと見せてもらったことがある。巨大な企業グループが保有する、膨大な数の「私」にまつわる履歴だ。ぼくが二人でお店へ行った、その月のその時間帯に、そのファミリー・レストランでその注文をした中年男性は、数え切れないほどたくさんいた。

全国各地で同時多発的に、武田さん家のお父さんみたいな人が、平日の夕方に、知らない女の人と、ファミリー・レストランで安飯を食べさせ合いながら、ちょっぴり贅沢なひと時を楽しんでいたわけだ。このグローバル企業が店舗展開する世界各地では、武田さん家のお父さんみたいな芸術家の肖像が、常に大量に生み出され続けている。ちがいは小さな差だ。ぼくはそう気づいてとても嬉しくなった。ぼくは自力で餓死できず、心の病にかかるしかない弱者である。つまりぼくは幸福に貧しい。ということは、ただ、貧しくさえなくなれば、思想・信条・性別・国籍を問わず誰しも似たような暮らしができて、似たような悩みを分かち合えて、そして似たような物語を話せる。昔はこのことに皮肉を言ったり、感激したりする世代もいたけれど、いまやこうして「ぼく」が「ぼく」であることは、言わずもがなの当たり前になってしまった。

だとすると、ぼくは誰だろう？　といっても、生きとし生けるすべてのものに等しく与えられている、生まれながらにしてある不安の存在を、いまさらここで言い当てて、偉そうな顔をしたいのではない。ここまで晒した情報で、あなたはぼくをどこまで特定できるだろうか。平たく・近く・浅くなった地球に飽きあきした人たちが、きっと今こうしているうちにも、世界に深さと歪みを生み出そうと必死で働いていて、そうした動きは他でもなく、かつて世界を等しく平たく・近く・浅くしようとした集団から現れている。その余波の残滓の欠片がぼくにも流れ込んでいるはずで、それでは「ぼくがぼくであること」は、他の誰かとのちがいは、数えあげるといくつあって、その差を見過ごさないためにぼくは、どれくらいの縮尺で、更新頻度で、他でもないぼく自身がいる世界を注視すべきだろうか。

分かりやすく言えば、いまさらになって武田さんに会うために、ぼくは健康保険証の住所変更を済ませ、運転免許を再発行し、パスポートを取得して、クレジットカード会社と飛行機会社へ会員登録し、現地の宿と旅券を手配して、搭乗日にきちんと外出すべきだろうか。武田さんが武田さんのすべてを撮って、晒してくれる、ここをしばらくずっと離れて？

ぼくは武田さんに会いたい。だから武田さんには会いたくない。武田さん家のお父さんがそうであるように、ぼくらは身体を寄せ合うほど、分け合える親しさが限られてしまう。

彼と僕の大事な恋人たち

ずっと片想いをしていたのですと打ち明けたら、先生は皇帝ペンギンがびっしり縫い込まれたネクタイをすっとゆるめて、涙ぐむ僕に一枚の書類を差し出すと、「もっと詳しく書けませんか」とささやいた。ふたりは向き合って座っていて、同じ画面を見つめていた。

応接室には四人掛けのテーブルが置かれている。卓上には先生のパソコンと、その画面を映す受像機と、ごちゃごちゃの文房具入りの木製のパンかごが載っている。僕はそのドキュメントを手にとって読んでいる。そこには僕自身のライフログが、前もって話したぶんだけ、丁寧に要約されて印字されている。これが僕か。それが僕だ。「まだ話しますか?」「この先は自力で」「では、控え室でお待ちください。次の予約を忘れずにね」

すっかりビジネスの言葉でしか話せなくなったひとたちが、家族にも職場にも内緒で救われに来るところだ。占いよりも頼りになる。カウンセリングよりも気楽。嘘をつくのは、お金を払う側だから。ごまかしだらけの生い立ちをでっち上げ、大量に刷り出したものを、シュレッダーに丸ごと食わせようとして故障させたひともいるらしい。

嗜虐的なセックスみたいな快感だったそうです、と佐伯さんが教えてくれた。「先生には秘密ですよ」と言うふたりの会話も、室内のいたるところに付けられた盗聴器で、一部始終が録音されているのだけれど。

要するにここは告解室の近代化であって、性風俗の省力運用だろう。清潔に豪奢な室内で、お好みの淫らな会話と恥ずかしいシチュエーションと交渉相手を思うがままに選んだうえで、終わりまでしたいことをさせてくれるサービスから、決まりきった段取りと、からだを介した触れあいをすっかり引き算する。するとそこにはコミュニケーションが残る。小声のおしゃべりと、悪意のない見つめあい。そしてお互いを開陳すること。脱ぎ捨てて、奥までのめり込む手続きの、縮約と洗練。

応接室を出ると、東館と西館をつなぐ連絡通路を抜けて、吹きさらしの階段をのぼる。佐伯さんは僕を先導して、僕の半生のセーブデータが記録されたファイルを携帯端末に表示させ、めくり、問いかける。「今回は六人目まで済ませましたね」そのあいだも胸元に付けたピンマイクがふたりの会話を拾う。声は店内のどこかにあるデータセンターへ送られて、テキスト化されて、貯め込まれていると説明された。僕たちはそれを手元にいつでも呼び出せる。工程は自動化されているから、代書人はもう雇っていないらしい。音声や動画をテキストへ変換するシステムの管理は、インドネシアの子会社に委託しているそうだ。

構成はシンプルなウェブサービスだ。短くも長い歳月を生きて、物覚えのすっかり悪くなった男女たちが、何かを、いつのことだか思い出したくなったとき、適切な検索語や固有名を入力すれば、それに紐付くエピソードがずらっと表示される。入力作業を利用者自身が主導し、出力先が利用者自身であるところが独特で、システム自体は小売店の在庫データベースとニュース配信サイトのダッシュボードを組み合わせたくらいの作りらしい。多くは欠損ばかりの半端な物語ばかりなのだけど、その足りなさそのものが、利用者の記憶を刺激し、なだめ、癒してくれる。

診療所みたいな受付で会計と次回の予約を済ませると、僕はメッセージングアプリで恋人のアカウントを呼び出して、

「なんでも話していいんだって」

「たとえば？」

「思い出でも、野望でも」

と説明したのに、

「何それ」と不思議がって、

「十分に揃ったらひとまとめにして、ちぎれた手足を縫い合わせ、中味をたっぷり詰めて、頑丈に梱包したものをお客さまにお渡ししますって」

「なにが楽しいの？」

無関心だったけど、だって僕が僕を所有できるんだよ。成果物は味気なくても、心に与えられる痛みの深さは他のサービスに代えがたい。僕はすっかり夢中になって、それまで愛していた娯楽からはすっかり遠ざかってしまった。飲酒量は減ったし、恋人ともあまり寝なくなった。一般

に自尊心とか承認欲求と呼ばれる、自分というものの持って行き場のなさへの戸惑いが、加齢とは別の形で解消されたわけだ。凍えるような寂しさが痩せていった。恋人にはそれを望めなかった、と言えなくもないけれど、僕はもう、交際相手にすべての癒やしを求められるほど幼くなかった。

僕は大事な胎児のように、不完全な僕の縮図を持ち歩いて暮らすようになった。恋心の精査は一般に浅はかだと思われがちなのだけど、僕は自分の感情の、確からしい根拠の、詳細な分布を手にしたいんだね。だからこのサービスに夢中になる。なんだか職務用語でしか話せないけど、だれかをわけもなく好きになるには、恋する当事者の理解が及ぶ範囲に、その人の恋心が落ちついていてはいけない気がするのだ。せめて恋するときくらい、我を忘れていたいじゃないか。

熱心に取り組めば、そのデータベースは、少しずつ輪郭を持ち、内実を伴い、僕によく似た別のだれかみたいに育つらしい。僕は佐伯さんと毎週木曜夜七時から二時間ほど話し合って、彼の履歴書と評伝を仕上げる作業に励んだ。発泡酒で酔うより楽しくて、同期たちが麻雀やジョギングに精を出すのを横目に、僕はそのライフログの充実をその年の生きがいに選んだ。ウェブに書き残すよりも精度が高いし、何よりひとに見られる不安がない。そのデータベースは僕と佐伯さんだけが共有している。彼を参照すれば、恋人が僕の何に惹かれたのか分かる。僕が恋人のどこを愛しているか教えてくれる。

たとえばいまの恋人を、いつかどこかで僕が好きになったとしたら、その原因はひとまず彼に求められるべきである。僕の片想いは、南極ペンギンがひっそり息絶えたこととは関わりがないと証明すること。その繰り返しで、僕の内面が拠って立つ足場をぐりぐり削っていき、どうしても掘り下げられないところに、やっと信頼できる恋心が埋まっているのが見つかりますようにと願うこと。それが恋だと彼は考えている。それは怯えなのだけど。いくら加齢したとしても、男の下心は面倒くさいのだろう。

佐伯さんも彼の成長を楽しんでくれた。彼は十七歳で母国の魔法学校を卒業した。笑わないでほしい、僕にも守秘義務がある。僕がライフログを記述する用語は、職場と家庭で起きたできごとに関する語彙と対応されていて、その一覧表は僕のビジネス鞄にしまってある。これは佐伯さんにも読ませない。もちろん、あなたにも。

彼は魔法学校を飛び級して、優秀な成績で卒業した。これくらいなら教えていいかな。「飛び級」は「留年」の暗喩で、「優秀な」は「落ちこぼれた」の言い換え、「十七歳」は「二十四歳」に対応する。留年した年に独学したスキルでなんとか仕事にはありつけたのだけど、僕は彼ほど賢くないし、稼ぎもよくない。彼が社内ではたいてい五から八歳上の人物に任される仕事をしているのも、語り手である僕自身の自己保身のためだ。

彼は卒業してからずっと、より豊かな友好国で、皇帝ペンギンの肝臓を養殖する会社に勤めている。肝臓は彼らが魔力を回復する薬の主成分を多く含んでいる。彼の母国はその繁殖に適した気候を有する。両国間の立法体系ならびに魔法体系には重なりとずれがある。だから各分野に知悉した人材が、注文・契約と魔導書の取りまとめをしている。そこで彼は働く。毎年のように増えつづける部下の扱いと、減りつづける野生のペンギンの数に困っている。

異国暮らしとはいえ、彼の職場は過半数が母国の出身者だった。社内の公用語は友好国のそれだけど、業務効率を優先して、その部署では彼に馴染み深い地方の方言が採用されていた。住環境は故郷よりもよかった。ノスタルジーと快適さを一緒に味わえた。そのことに彼は喜んだ。二年目に恋をした女の子と夜更けまで、母国の至らないところを泥酔しながら話し合ったものだ。自虐の主語を母国にすりかえて、正義感と鬱屈を同時に満足できる簡便な話法。おまけにその子と親密感を深く分かち合えたのだから、彼がその場面を溺愛するのも無理はなかった。

「その子は？」と佐伯さん。

「大好きでした。二年目の夏は生活法の改正があって、あまりの忙しさに署員が数名蒸発したんです。残された僕たちは二人分働くことになって、正直出社したくなかった。だから毎晩その子の裸を妄想して、心を温めないと身動きがとれなかった」

「いまの恋人とは」

「別です」

「長続きしなかった?」

「三年が限度でした。ふたりで愚痴り合ううちに、その子は母国が本当に嫌いになってしまって。出身者である彼の習慣にも苛立ち始めたんです」

「日付は思い出せますか。できれば、時間帯も」

「何のですか?」

「その瞬間の。どのエピソードでもかまいませんよ。起点になる情景が欲しいんです」

「どうして?」

「理由はふたつ。あなたの回想をスムーズにすること。記憶ちがいを訂正できるようにすること」

僕は思い出そうとした。だけどその候補が絞り込めていないから、悲しみをしまう引き出しの下段をいくつかとりあえず開けてみた格好になって、出てきたのはくしゃくしゃに丸められた下着、肌着、くつ下……。

その日の面接時間は残り二十分を切っていた。次回にするかと先生に訊かれた。佐伯さんはそれをやんわり否定した。翌週には新しい引き出しが最上段へ追加されるから、開きかけた下段をまた開けるための手探りが手間になる。

「話しましょう、話せるところまで」

そうして僕の口から出てきたのは、当時任されたプロジェクトの詳細と、やり取りしていた担当者の名前とメール文面の癖、その子と訪ねた飲食店の内装、あとは別のだれかとの何かばかりで、「その方にふれた記憶はありませんか」「それはもう、毎日のように。二人だけになれたときは。ふたりとも若かったですし、キスは五秒でも出来ますからね。部署全員が関わって、お客さんも大勢お招きする会議が開かれたときに、彼と彼女はぎりぎりまで資料の手直しを続けていて、みんなは会議室のある階へ続くエレベーターへ歩き出した。遅れて席を立った彼は、まだ席にいた彼女に呼び止められて、ふり返ったらすごくきれいな、たぶん淫らな顔をしていて、それで……」

「すてきな話ですね」と佐伯さん。

「作り話ですよ。嘘じゃないという意味でも」

「そのあとは？」

「事実に則しますか？」

「どちらでも。製品はお客さまがお読みになるものですから、ご自身が嘘だと分かるようなら、どれだけ脚色してても、粉飾してもかまいません」

先生が僕を担当するのは四回目だった。

「それが僕にも分からないんです」

先生は困った顔をしなかった。単に頷いて、

「昔のことですからね」

「そうじゃないんです。その時に空想していたことと、現実に起きたことが見分けられない。さすがに十年も前の、膨大なやり取りのあとだと」

「彼の物語にしないほうが良かったのかも」

という僕を佐伯さんは否定した。初回に守秘義務を盾に告白を渋ったのは僕で、佐伯さんは迂回の手立てとして、彼の創作を提案してくれたのだった。

「正しさをあまり気にしないでくださいね。私たちの製品は、真実を明らかにすることを目指していませんから」と、先生はふたりに聞こえるように話した。「お客さまの胸のつっかえがすっかり溶けて、鉛のような夕飯を食べなくて済む夜が早く訪れること。そのほうが大切です。先日お渡ししたドキュメントは、書き終わりましたか。空白が埋まったかではなくて、納得いくまで思い出せたかどうか」

「佐伯さんに渡してますよ」僕が答えると、面接の終わりを告げるタイマーが鳴った。僕は先生にお礼を伝えて、佐伯さんと一緒に応接室を出た。連絡通路を抜けて、吹きさらしの階段をのぼり、診療室みたいな受付で会計と次回の予約を済ませると、建物を出るなり、

「会わせたい人がいるんだけど」

「親？」

「みたいな」

「いいよ。やっとだね」

「今月は暇？」

「三週目の土日なら大丈夫」

「わかった」

「帰ったら詳しく聴かせて」

「先に寝てる……」

という宣言通り、恋人は居間のまんなかでふたりがけのソファーに横たわって、冬用の敷布団を胸から下にぐるっと巻いて眠っていた。テレビの電源は切れていて、テーブルには離婚届が裏返しに置いてあった。恋人の父親の名前が書き込まれていた。たしか今年で五十四歳だった。シャワーを浴びて寝間着に着替えた僕は、恋人が夕方に下拵えした鶏肉と野菜を炒めて食べた。食洗機のスイッチを入れ、温めた牛乳を飲みながら、その日まで話した物語をさっと読み返して、翌朝に返信する業務メールの下書きを予約送信してから眠った。夢は見なかった。

恋人はその夜に、父親に新しく芽生えた恋心を素直に打ち明けられたらしい。夫婦仲は初期に冷めてはいたのだけれど、それでも恋人とその兄弟が自立するまでは、浮気症の母親がしばしば家を空ける夜にもじっと耐えてきて、

「そろそろ自由になりたいと思えたんだ」と、父親は恋人に言った。

「どんな人？」

相手の生い立ちを語り始めたのを恋人は遮って、

「だれに似てる？」

父親はちょっと口ごもって、

「あなたかな」

「私？」

「うん。まだ小学生だった時の」

「幼稚なの？」

「心配で目が離せない」

「何歳？」

父親はまた黙って、

「あなたは？」

「三十二」

「なら年上だ」

「私が?」

「ちがう、その人」

「名前は?」

彼の物語にこれから登場する女の子と同じ名前だった。恋人は戸惑っていた。だからそのことは黙っていた。ちょっとした偶然の悪意にすぎない。

「顔は見た?」

「写真映りがいまいちでよく分からなかった」

「離婚するの?」

「するんじゃない? あの人はもう帰らないみたいだし」

恋人の母親のことだ。どんな人物かを知りたいひとは、江國香織『スイートリトルライズ』をお読みください。冷静で、情熱があって、常識に囚われないひと。そうなりたいと憧れてはいても、世間が背負わせてくる重荷を僕はまだ捨てられない。だから佐伯さんに会いに行くわけで、恋人とも当面は踏み込まない距離でいたかった。

「その人に会えばいいの?」

「あの人のこと?」

「再婚するかもしれない人」

「一緒に来てくれないかなと思って」

「不安だから？」

「紹介したくて」

潮時を感じたんだろう。僕は恋人の迂遠な求婚を受け入れた。佐伯さんに、彼がまだ若かった頃の恋愛を伝えておいて良かったと僕は思った。この離婚と求婚で、僕の記憶からはきっといくつかの細部が失われる。少なくとも、埋もれる。

「挙式はいつにしよう？」と問いかけながら僕は、三十歳を過ぎたふたりの婚約が、二十代の最後に空想していたように、事務手続きが先行するあっさりした流れで進んでいくことに、静かに驚いていた。お互いに貯金も住む部屋もあって、育児の相談もそれとなくしていたし、気に入った性交の段取りもすっかり共有できていたから、挙式の前後に訪れる生涯でも異様な忙しさを除けば、たぶん昨日までと同じで、生活を共にしながら時々思いついたように話したいことを、気が済むまで話し合う日々が続くのだろう。

佐伯さんにそう報告すると、

「おめでとうございます。十四人目ですね」と素っ気ない。

「いまは何人目まで来ましたっけ」

「次が八人目です」

「あ、七人目の子がまだ……」

「話し足りません？」

「もう少し思い出せそうな気がするんです」

そうして彼が十九歳になるまでの物語を共有した。彼はすてきな恋をして、だけどその表現を誤って、次第にその子に傷つけられるようになる。彼もその子を傷つける。ふたりはそれを関係の深さだと思い込んでいたけれど、ふたりの口から発せられる主語のほとんどが母国にまつわる名詞になってしまったと彼が気づいたとき、その子の愛国心はもう取り返しがつかないほどスポイルされていた。彼女は母語を捨てようとしたのだ。

そしてたしかに捨ててしまった。半年かけて、その子は友好国の国籍を得て、四六時中外国語で過ごせる職場とパートナーを見つけて退職した。別れ際に彼は、故郷の方言でしか発動しない魔法をその子に使った。対象の言語体系に介入して、母語の方言を削除する効果がある。分かりやすくいえば、出生地の訛りがうっかり口をついて出ないように、彼はその子のアイデンティティを抹消したのだ。

「だからなのか」と僕はため息をついた。

「どうしました？」

「分かったんです。欠乏感の根拠」

「母語をなくしたのはその子ですよね？」

「ええ。だから、奪ったことに、彼は傷ついていた。無自覚に」

と答えながら僕は、

「その痛みが治っていないと？」

用語の置き換え表ではどの語とどの語が結びつけられていたかを思い出していた。

「八人目とも上手くいかないんです」

彼の八人目は僕の何人目だろう？

「続けますか、休憩しますか？　今週はまだあと四十分あります」

「ここまでの粗筋を読ませてもらえませんか」

「それなら少し休みましょう。三十分後にまたお呼びします。いや、二十分もあればまとまるかな。ともあれ控え室でお待ちください。お食事がまだでしたら、ちょっとした軽食でも」と先生は言って、佐伯さんと僕が退出するのを待たずにヘッドホンを耳に付けた。そうして勢いよくテキストを画面へ入力していった。

控室は東館の最上階にあった。応接に使うこともあるらしい。夜景鑑賞はどの年齢層の利用者にも頻出する思い出だとか。「飽きません?」「すぐ慣れますよ」「何に?」「底の浅さ」「顧客の?」「人類の」「そういう発想キモいですよ」「心の保養にはなります」と佐伯さん。大変な仕事だとは思うが。面倒な客しか来ないだろうし。

「最近は泣かなくなりましたね」

「僕ですか?」

「五人目までがピークだったかと」

「それはつらいですよ」

「思春期はトラブルが起きやすい年頃です」

「はい」

「このあとは」

「ちょっと大変です」

「なぜ?」

「期間と相手が入り乱れていて」

「青年期ですからね」

知ったように言うけれど、であれば佐伯さんは、恋人の父親が経験しつつある壮年期の恋愛をどのように要約するのだろう。明日の夜は作戦会議だ。明後日は彼らの本音をたしかめて、僕たちの本心を伝える。成功させる自信はない。何しろ二時間しかなくて、そのあいだ四人は、一応は豪勢な夕食を楽しそうに食べなければならないのだから。

「いま、どれくらいですか。えっと、テキストの分量」

佐伯さんは返事をして、端末をちょこちょこいじると、

「百二十万字くらいですかね」

「というと」

「長編小説十冊分くらいかな」

「けっこうありますね」

「でもぎゅっと縮めて、必要なところだけ残すと、そうだな。八千字くらいです」

「体感だと、どれくらい？」と訊ねた僕に、

「そうですねぇ」と佐伯さんは答えた。「ちょうどこの文書くらいです」

佐伯さんは僕に数枚の書類を手渡すと、

「そろそろ戻りましょう」

「次は何を？」

「八人目」

「間に合うでしょうか」

「何に？」

僕たちは応接室の階へ降りるエレベーターの前で立ち止まって、

「わからない。挙式に？」

「すぐに追いつけますよ」

「だれに？」と問うた僕は、だけど僕自身のことをもう考えてはいなかった。

「それはご自身で決めていただくことです」

「彼はどうして肝臓の養殖に興味を持ったんでしたっけ」

「幼少期に、餌付けしていたペンギンの屠殺に挑んで以来、と書かれています」

「それは嘘かもしれない」

「かまいませんよ。いつでも修正できます」

彼はなぜペンギンを殺したのか。殺す仕事を選んだのか。僕はそれを知りたかった。その時間は残り四十分と一日で足りるだろうか。僕は彼のような魔法が使えない。恋人は性格が父親に似ている。だからきっと彼の物語は、十四人目では終わりそうにないのだ。

ふたりと、それを分け合うこと

「続けて」と頼まれて、

「その調子」

励まされながら、ひと通りを終えると、

「疲れた」

「疲れたね」

ひと休みして、服と髪を整えて部屋を出る。道を歩くと向かいから自動車が来る。気づかない「なおたんさん」(1982-)の手をとって、歩道へたぐりよせるとよろめいた。画面からは目を離さない。電信柱にぶつかりそうになる。危なっかしい。ここは日本だから。車が静かに走る国。

「なおたんさん」は手元を見つめたまま、

「わっ」

下書きを保存しようとしたら凍りついて、再起動したらすべて消えてしまったらしい。

次の機種が世間に出回り始めたころだった。前の世代にくらべて表現できることは増えたけど、いきなり動作不良を起こしたり、やけに混雑したりしていた。

「何書いてたの?」

好意の表明や記憶の繋留をしていたと要約できる。ほとんど忘れてしまうのだけど。

よく晴れた日で、余震は続いていたし、復興の現状も、事故の経過も、ごちゃごちゃしてよくわからなくなっていた。停電や品薄の心配が要らない地域にいた。当夜からずっと、帰国してからも、「なおたんさん」は人が変わったように不安がって、暇さえあれば、災害の動画や、放射能のことが書いてある記事を、そこらじゅうから取り寄せては消費している。

あらゆる関心を持ったあらゆる人たちが、手持ちの機器や体験を元手に、およそ考えつく手立てで、見聞きしたことを伝え、思いのたけを述べ、記録を掘り出してくる。それが人手を介して「なおたんさん」に届く。

「見てこれ」

「うわぁ」

「すごいね」

上手な動画があり、控えめな記事があり、感動的な絵がある。作品未満の作品、コンテンツ未満のコンテンツは山ほど。それを見て「なおたんさん」は心打たれ、悲しみ、うろたえ、励まされる。他人の性生活を覗きみる気分だ。理想の「被災地」もなければ典型的な「被災者」もいない。誰もが注目され、無視され、記憶され、忘れられるべき主役として扱われる。憚られることは表に出ず、ふさわしかろうことが広まる。

「ねぇ」

と呼ばれて、

「何食べたい?」

「え?」

「またすぐ帰るんでしょ」

ちょっと待って、と邪険にされる。

それどころではないのだ。「なおたんさん」の目の前には沿岸の道路へ津波が押し寄せて来る。乗り捨てられた自動車からガソリンの炎が上がる。小学校は丸焦げだ。テレビ局のアナウンサーが絶句する。濁流に次々と人が流されていきます。壊れた家屋の写真が並ぶ。被害の軽かった地域で、自分を奴隷のような労働へ追い込み、親族の安否確認もそこそこに、生活物資や寄付支援に奔走する人のブログが書き続けられる。有名企業の活躍が一覧にまとめられる。海外移住者たちはお見舞いとお悔やみを述べる。みんなを励ます歌と踊りが、大量の現代芸術が公開され、詩が連投され、世論は煽られ、匿名の書き込みが、恣意的な編集が、犯人探しが行われる。熱心な日報は細かな欠片になって、ちょっと目を離すともう当事者ではいられない。確かに何かが起きているのに、何が起きているのかわからない。

駅の改札口で、手元の画面を眺めながら、足を止めた「なおたんさん」は呼びかけに答えない。他人の迷惑だ。

いくつも消化するうちに、人気を集めやすい題材、目をひくキーワード、思わずクリックしてしまうサムネイル画像に気づく。検索しやすい題名で、ショッキングな部分を強調し、不安や同情をさりげなく煽る。詳しい説明は省く。投稿者は、でしゃばらず、誠実な印象を与えよ。娯楽文化で見慣れた衝撃映像は飽きられやすい。手に入れづらい情報だと強調しなさい。できたてだと演出するとよい。情報にちょっとした化粧を施すやり方は広く知られていて、その手法が切実に選ばれたのか、功名心から用いられたのかは決められない。

「死んだ人は帰って来ないよ」

冷たく言うと、

「将来のために記録しないといけないいんだから」

言い返してくる。

どちらも正しい。

だから目的の駅に着いて、頼んだ料理が来て、検索結果によさげな商品が見つかって、一杯目を飲み終える頃に話は打ち切りになって、

「歩いたね」

「眠い」

「夜更かししたから」

他人事とは思えないけど、肌身に迫るものもない、ぺらぺらの興奮、倦怠、絶句。気分ばかり

が膨らんで、節約気分はもう失せていた。買い占めを控えて、使用電力を減らしたところで、身の周りに変わりはない。気晴らしにボランティアでも行こうかと思いながら、寝転がってだらだらと現地報道を眺めている。きっと後世まで語り継がれるんだろう、と。

現地へ行った人は、お化け屋敷がえりのように、打ちのめされて、くたくただ。つかのまの異世界体験を語り、帰京を悔やむ。口も重い。一線を越えて親身な人は、なかなか戻らなくなった。

そこへ訃報が届く。噂が回る。死んだ、疲れた、住めない、眠れない、働けない。寄付やお悔やみの言葉を送ろうにも、なんだか気が乗らずに、へらへら苦笑いするうちに日が暮れて、また明日に忙殺される。生きのびて、心を抉られた人たちに、かける言葉が見つからない。気の毒だけど近寄れない。

「帰ろっか」

「もう？」

「そろそろいいでしょ」

だから口だけでもと思って、安否を確かめ、被害を嘆き、現状を分析し、話題を浅く共有して、復興を祈り、明るい未来を願う。

☺

実家には戻らないけど、住める部屋がほしくて、「なおたんさん」は訪ねてきた。地震のすぐあとに出国したのに、報道を浴びて気が気でなくて、ひと月で帰国してきたのだった。

「一週間だけ」だから宿を貸せと頼まれて、慌てて寝床をつくったのに、狭い、暗い、寒いと文句ばかり。現地でかなりストレスを溜めこんだらしい。安心すると口汚くなるとは知らなかった。留守中に掃除してくれるのはいいけど、冷蔵庫を黙って物色して平気でいる。おかげで卵の消費量が増えた。十個入りが七日持たない。かと思えば食べごたえのあるスイーツが箱入りでしまってあって、美味しい。

「向こうのは不味いし、舌に合わない。日本のに慣れちゃったからさ。やっぱり和食は素晴らしいよね。日清食品を誇りに思う」

ことあるごとに日本の良さを再発見したという。里帰りを懐かしがっているだけじゃないか。なにしろ調べれば分かることしか褒めない。整列が、接客が、衛生が、礼節が。肌で感じて帰ってきたはずなのに、その説明は使い古された言葉ばかりで、

「日本でいうと」「アメリカなら」「テレビでやってたけど」「検索してみて」

ひょんなことから現地独特らしい慣習が話に出ても、言葉選びに困ったすえに、もうすっかり知っていることで例えられるから伝わらない。

「すごそうだね」

「そう、すごいの。信じられないくらい」

受け答えが下手なだけではなくて、懇切丁寧な思い出話が二人とも照れくさい。夫婦でもあるまいし、夜更けに腰をすえて、ひとつの話を掘り下げていると、途端に青春めいて気恥ずかしい。口下手で、世間知らずなのに、自尊心は高くて、むやみに傷つきたくなかった頃、空気に強いられて深い話を試してみて、全員が痛い目にあった記憶だけは共有できている。

沈黙が怖いのではなかった。言葉が出てこないのでもなかった。話題が鳴り止まなかった。画面ごしに話すときは余計に。見えるものと、聴こえることばかりが増えていく。

だからもう、離れていようが、隣で寝ようが、二人の仲が縮まることはなさそうで、長期滞在の先行きが思いやられる。「一週間だけ」で済めばいい。だけどこれからの付き合いは続くのだ。二人が二人とも死に絶えるまで、二人は何を話せばいいのか。あれほど大騒ぎしていたのに、帰国を出迎えて、二人で住み始めてから、

「日本ではいま何が起きているの?」

と、ぱったり問われなくなったことも警戒したい。うかつなことは言えない。「なおたんさん」

が向こうの言語でつくった友達に宛てて、近況や感想を書き込んでいるとき、それぞれの国籍や生い立ち、性格を紹介してくれても、頭に入らなくて、父と母が別の国で生まれ、馴染みのなかった国で出会い、そして生まれた子が、知らない国まで独りでやって来て、抱き合ったり、からかい合っているのを驚く。

きっと、

「なんか面倒くさそう」と訊かれて、

「そりゃあ大変だったよ」

明るく答えられるだけの苦労はしているのだ。

☺

だから「なおたんさん」はよく分からない文面のメールにも顔色を変えない。

毎日のように知らない人からメッセージが届く。といっても「なおたんさん」はもう、面識の濃さで応対を変えるような、閉じた社交ができないほど、世間の網の目に深く絡めとられているのだけど。それでもメッセージは届く。人を惹きつける隙だらけの短文が書けるから。やり取りを読ませてもらうと、まずは言語が分からない。機械翻訳はあらましを伝えてくれるのがやっとで、本人の解説は省略や配慮が多過ぎる。

おまけに「なおたんさん」は「日本語」を出たことのない人たちとはずれた語り方をする。意味に揺らぎがなく、背骨がまっすぐな、離陸から着地までをしっかり計算に入れた物語。自信の表れだ。なにしろ自分の目で見てきたのだから。知っていることは知っていることでしかないという顔をしている。

例えばこんなことがあった。

そんな切り出し方のできる、うってつけの小話でもあればいいんだけど。だってふだんから、声を交わすときも、すれちがうときもそうなのだ。ちがう家風と校風と社風の下で過ごすと、ここまで世界はちがうのか。同じ日本なのに。

「誰から?」

「え、白井?」

「まだ東京にいるんだっけ」

「わかんない」

読ませてもらった。話したいことがあって通話しようと思ったんだけど、長くなりそうで、書いたものをどこかに貼るから、感想をもらいたい、とある。

「創作に目覚めたのか」

「誰のせいだよ」

大量のコンテンツを与え続けたわけだしね。

「アドレス分かる？」

「アカウントなら」

「友達なのに？」

「友達だからだよ」

覚えているから、記録しなくてもいいんだと言う。自信の表れだ。

だから「なおたんさん」の目を盗んで返信する。

「連絡ありがとう。だいたい分かった。いつでも読むよ、喜んで。どんな長さでも大丈夫だけど、返事は遅れちゃうかも。日本語をあまり使わない暮らしのせいで、頭の切り換えが近頃すごく大変なのです。できれば中国語、それか英語で書いてくれるとうれしい。いちおうアドレス教えておくね」

白井は早起きの感傷癖だ。ずっと続けたい仕事が見つからずにぐずぐずしている。文字でも声でも話すと長い。すべてを漏れなく伝えようとするから。「なおたんさん」の時間を費やさせるのは惜しい。それに話題はみんなで分け合うべきだ。それが友達というものさ。

☺

そして一通目が届く。「勝手に返信しないでよ」

「なおたんさん」はすぐに気づいた。送信メールを消していなかったから。

「だって面倒でしょ？」

長めの返信は来たけど、はっきりした否定は書かれていなかった。もうひと押しすると交渉に乗ってきた。返信は任せる、受信先のパスワードは共有、送信内容は訂正禁止、未読メールは返信しないように。するなら「なおたんさん」がチェックしてから。文面に指定を入れることもある。

度を越えたイタズラだ。制限と監視が入って、隠しごとの楽しみは減ったけど、自分が演じる当人の視線を感じながら当人を正確に演じたときの、誰に何を奉仕しているのかわからなくなる感覚は味わいがたい。「なおたんさん」に代わって「なおたんさん」が演じる「なおたんさん」を演じながら、「なおたんさん」らしい発想と言葉づかいに徹すること。

（どうせ）悩みの（だろう）本題に入る前の、感謝したりされたりするやり取りで察したのは、「『法人』の代表」として「法人」を名乗る感覚に近いね。自分に責任を持たなくて済むけど、「法人」

の言葉を発する役割は持たされる。本意は隠せても、「法人」が見栄えするふるまいをいつも考えさせられる。

「なおたんさん」はもう帰らないつもりらしい。「担当が減った」という。持ち帰った仕事が片付いたのか、管理すべき人間関係を軽くできたのか。白井を真正面から相手しなくてよくなったように。

もともと気が利くほうではなかったから、感情任せに生活基盤を打ち毀されたことはあった。別れ話を切り出した数日後の週末だった。責められるべきはこちらだから何も言えない。気分屋の全力を見せつけられた。空っぽの部屋は散らかり放題で、動かせる家電はほとんどなくなっていた。調味料だけはたっぷりあって、調理道具がなく、バスタオルはあるのに、シャンプーも洗顔剤も消えていた。

清々した、と書くのは、正しくない。疲れて帰って、脱衣さえまともにできなくなっていた。そう気づいた時には、部屋を元通りにする気力も湧かずに、引越しの初週みたいに、食べられるもので空腹をごまかしながら、なかなか明けない夜を明かしていた。部屋にいたくなかったわけじゃない。立ち直るまで毎日のように長湯していたから。朝は今までのいつよりもぐっすり眠れたから。

二人はすぐに絶交できる仲ではもうなくなっていた。惰性と遠慮が長引いて、清算する気になれない。ことは終われば終わりで、ゼロからニューゲームできるものだとばかり。

前日も、先月も、昨年も、はっきりした線が引かれないまま、明日に流れ込んでくる。とりあえず〆切を作るわけにもいかない。二人で話し合うほど「またね」と言うことが増える。

☺

「真新しい生活なんて嘘なんだと知ったよ」と「なおたんさん」は言った。

「こっちに移住すればだいたいの人間関係は切れるし、仕事も覚えなおしで、生活習慣もちがう感じになるじゃない。空間レベルで生まれ変われれば、気分もすっきりすると思ってたんだけど、新しく仲良くなるのはやっぱり近い性格の人、よくてその知り合いまでだし、まるで無関係なスキルを持ってるわけじゃなくて、そっちとこっちの社会インフラも似たり寄ったりでね。おかげですぐに馴染めはしたけど、言葉の壁以外は。でも微妙だった。当たり前なんだけど、国境をいくつ越えたところで私は私自身から離れられないんだなって思ったのです。どこへ行くにも持ち運ばなくちゃならないのは、常備薬でも外套でも不屈の精神でもなくて、代わり映えのしないウェイ・オブ・マイ・ライフだった、というわけ」

「ごめん、英語うまく聞き取れない。日本語で話して」

「やだよ。やっとなじんできたんだから。日本語より英語を経由したほうが、漢語の文法が頭に入りやすいんだよ。わかる？　漢語」

ハン・ユィー。学びたての大学生みたいな自慢だ。覚えつつある中国語がたのしくてたまらないみたいだった。知り合ったころから独学を苦にしない女の子で、好きな娯楽はいつまでも少女向け、日本のポップカルチャーには興味がなく、人付き合いはまめで、好かれる相手にも事欠かない。

「私っぽくしといてね、返信」

白井との「昔の付き合い」はたっぷりあるから、細部は成り行きでよくて、マズくなれば修正すればいいと思っているらしい。揺るぎない根のような私というものを初めから考えてなくて、うっかりキャラじゃないふるまいをして訝られたら、

「これまでならしなかったけど、これからはそうしていくつもり」

前向きなアピールをして、

「自分でも変わったなぁって思うよ」

ちがいを強調して、

「昔からそういうところはあったけどね」

過去を書き換えれば、すっかり出来上がる、時の流れに抗わない、柔軟で応用の利く私。きれ

いな処世術だよ。だから怖くなったのか。

「恋なんかじゃなかったのかもしれないね」

しれっと言い出しそうな予感はしていたのだ。だから先取りして言った。すべてを台無しにする言葉。「なおたんさん」はひどい顔になった。人の笑顔がゆがんで、苦い顔へ変わるまでの、一部始終を間近で見られた。不快だった。

☺

　日本人の平均余命は八十歳を超え、長く生きた人の頭には相応の記憶が詰まっている。総じて「人生」と呼ばれる長大な記録で、ハードディスクにすんなり収まるくらいの情報量だ。

　これをなるべく劣化させずに再生したい。だけど記録の手間をそっくり反復したくはない。そこで芸術家が召喚される。役目は省略と洗練と保存だ。ある人が、長年のさまざまな努力と偶然に助けられ、やっと体感できた喜び、悲しみ、怒り、驚きを、手続きを踏めば、誰もがほんの数分から数日で手に入れられるようにすること。

　この試みにひたむきになれる多くの芸術家たちのおかげで、人は、濃縮された快感、増幅された苦しみ、とっておきの悲しみを、飽きることなく、浴びるように楽しめる。ガムを噛むように音楽を聴き、長湯みたいな読書をして、眠るように動画を観るゲーム。

ひとつひとつがささやかな癒しと憩いの場だ。手のひらサイズまで極小化された芸術を手にしたとき、人は、どれだけのあいだ、その一粒を味わずにいられるか。食べればすぐに次が欲しくなるし、舌はあっというまに肥えるのだけど。

禁欲な人が言いそうなのは、生涯かけて作られた情報は——もちろん赤の他人のことだ——、やはり生涯かけて消費されるべきだ。でなくとも、できる限りゆっくり、長く、少しずつ味わえよ。たとえば終世の伴侶みたいに。終の棲家のように。吟味を妨げ、騒がしく急かすものには消えてもらいたい。

せっかちな人が言いそうなのは、長年かけて蓄積された情報は、未加工で、ノイズが多く、散漫だ。とても生で食べられたものじゃない。可食部だけ切り落とし、旨味の引き立つ味つけをして、すっかり煮詰めたほうがいい。そしてそれは自分の仕事じゃない。才能あるもの好きが担えばいい。社会は一定数の専門職を抱えるべきだ。人生は話すには短く、聴くには長い。

もちろんどちらも誤っている。現場ではいつもごたごたがぐちゃぐちゃに続く。ひとまずこのあたりで世に放たれ、なんの気なしに受け取られる。彼らの願いは叶わない。日常は堅固だから。

☺

白井は長文を寄こしてきた。まとまりはなく、構文は破綻すれすれで、熟語だらけの、強い論調だった。断言と否定が目立ち、怒気が滲み、不機嫌だった。「震災と復興、そして原発の歴史の真実を探求する」と題されていて、ほとんどの専門用語にハイパーリンクが貼ってある。調べまわったらしい。さまざまな灰色文献が引用され、報道や討論の有名人の、略歴や地位、主張、姿勢をまとめてある。

まず、あまりの分量に面食らう。幼児が新聞のひらがなだけを読むように読むと、気に入らない人物には罵倒が、信じたい人物には敬意が表明されていた。「真実を知ってほしい」と、何度も、祈るように書いていた。唖然とした。「なおたんさん」は、いつも、こんなメールを受信していたのか、事あるごとに?

だけど読み進めるうちに、どうやらそうではなさそうだとわかってくる。別の所に——たぶんEvernoteに——とにかく何でも放り込んだなかから、部分抜粋して転載しているらしい。人を見下す書き方をするのは、他のやり方を教わっていないからみたいだ。

「である・なのだ」

「しかし・ゆえに」

「でしかない・というわけだ」

うんざりして、ざっと読み流し、受領した旨だけ返答すると、

「ごめん、なんか苛々してて、どうしようもなくて、考えてることを思いっきり書いたんだけど、でも現状が変わってほしいわけじゃないんだ。とにかくよく分からない。調べても調べても納得できなくて。どうしたらいいと思う?」

そう結ばれた長い弁明にうんざりして、ざっと読み流し、返す言葉を探していると、

「あんまり追い詰めないでよ」

と、「なおたんさん」がメールしてくる。

☺

「かわいそうじゃん」とは言うけど、不安を分かち合いたいのか。

前置きもなく、

「お米は安全らしいよ」

独自の結論だけ言われても困る。

「調べたの？」

「考えた」

「白井が？」

「ちがうよ。ネットとか」

「白井は？」

「知らない」

「話してない？」

どうしてそんなに気にするのか問われて、白井はデジタルゲームと時事問題を愛する非正規雇用者で、草の根の政治運動に没頭する年代でもないはずだと答えると、

「今まで何も知らなかったんだね」

呆れられて、

「幸せなやつだ」

だってあなたは世界の裏面を知らずに生きて来られたのだから！

大げさだと分かっていても、その気にさせられてへこむ。

「会いに行こう」

自分の目で確かめなくては。

そう問いかけても、長いあいだ返事が来なかった。

待っていると、

「やめなよ、明日も仕事でしょ」

そうだった。やめよう。

「帰りは遅い？」

また返信がなくて、しばらくすると、

「今日くらいかな。夕飯はいらないかも」

と画面に表示される。ノックの音がした。自室のドアを開けると「なおたんさん」がいて、濡れた髪をバスタオルで拭きながら、スマートフォンを指でいじっている。冷蔵庫の前へ連れていかれて、家に残された食材と、翌日の段取りを確かめ合ってそれぞれの部屋へ戻る。

「お風呂は？」という未送信の下書きが残っていて、その続きに、

「部屋を出られなかったのは、あなたが裸を見せたくないと言ったからでしょ」と書いて、送らずに消す。帰国した夜から一肌も触れていない、なんて数え方は愚かだ。身勝手に別れたつもりでいるから、なかったことみたいにして戻ってこられると居心地が悪い。自業自得か。

それでもつらい。二人が親密なやり取りをしているのを目の前で読まされているわけではないからだ。白井が送ってくる、裸同然の自意識の塊を、同じくらいの熱意と力量で、しかも知人を装って、受け止め、消化し、真意を探り、答えを書き出さなければならない。女子高生が友人の部屋に集まって、くすくす笑いしながら、陰湿ないじめを楽しむのとはわけがちがう。交友関係を壊さないための演技だと思いたかった。そうではなかった。終わらせ方の分からなくなった悪ふざけが許しがたい不利益を与えているわけでもない。詳しく話しても、ありがちな娯楽に飽きた匿名の人たちは満足してくれなくて、三人のくだらなくちっぽけでみっともない暮らしに失笑するだろう。いっそ、そうなればまだ救いがあるか。三人は見張られていて、その視線はこの秘密に価値を生む。視聴者のわずかなひと時が三人の観察と批評に費やされ、それは三人のささやかな承認につながる。

☺　☺

二人は、と言えるだろうか。ともかく連れ立って暮らしていると、伝わらないこと、分かり合えないもの、目にしたくないところが増えも減りもする。くたびれてくる。何かを名指したり、言い表したり、好き嫌いを明かすだけでも、なにか大きな代償を支払わされている気になって。話は通じない。

語り手と聴き手のあいだには、そのどちらでもない何かがあったほうがいい。でなければ行き詰まってしまう。理想的に言って、二者が近づき、その差をなくしたとき、二者は、どちらも消滅するか、どちらかが残るしかない。物語は伝聞で失われるが、伝聞こそが物語だから。

「ましたとさ」「することでしょう」「いるのです」

時制の問題じゃない。邪魔者だとみなされているが、実は、仲をとり持つものがある。それにこそ注目すべきなのに、耳を澄ませても、目を凝らしても、うんともすんとも言わない。二人のあいだには何もない。何かがあるようなふりだけが続いている。

☺

白井はいつまでも何にも気づかなかった。二人は、白井が何にそこまで駆り立てられているのかは察しかねたし、彼が寄越す使命や義憤は、娯楽文化と報道記録の下手くそなつぎはぎでしかなかった。

白井の記述の細部をとりあげて、原因を突き止めようとしたこともあった。どこが奇妙か、どこが歪んでいるかを話し合った。うっかり、もしくは知りながら、その記事の裏側にある彼の自画像を、彼自身が示しているのではないか。そう当たりをつけて。

傷つけることも書いた。白井はうろたえ、弱って、長い弁明と謝罪を返した。「なおたんさん」には知りえない彼の来歴が漏れ聞こえていたり、二人だけのやりとりではないことをほのめかしたり、単に多忙や不在を理由に放り出したりした。白井は自分のなかに作り上げた理解と納得の回路を彼なりにその場で作り直して、彼の浴びた理不尽や悪意が彼だけに向けられたものだと見なそうとした。

苦しく、つらくあろうとした。

☺

それを二人は楽しんだ。ほどなく大笑いや言い合いをしなくなり、分析も要約もせず、ただ、二人のどちらかがまだ読んでいないことを、二人のどちらかがもう読んだか確かめあうだけの遊びになった。「なおたんさん」は返信に立ち会わなくなった。三人で過ごすことで、お互いがお互いにとって何者なのか気にする煩わしさから二人は自由になれた。だけど育ちようのない子供を持て余すように、二人は二人としての役割に徹するようになり、そして飽きた。

白井はまだ注目されたがっていた。子供のいない貧しさを持て余すように、探し、読み、書いた。

「専門家に任せればいいのに」と訊かれた「なおたんさん」は、

「布教の一員になりたいんだよ」と答えた。

「だけど白井は現地へ行かないし、お金を集めるわけでもない。調べればすぐに分かることばかり書く。それもただ横流しするだけだ。正しいかどうか確かめもしない。当事者に会おうともしない」

「それはもう分かってる人の言い方なんだと思う」

「ちがうよ。だって何も知らない。同級生の罹災を人伝てに聞いただけ」

「悩んでるの？」

「届かないんだよ？」

「誰に？」

「答えられない」

「話したくないの？」

「誰に？」

じぶんに決まってる、と言うのかと二人は思った。言いそうになった側も、言われそうになった側も。だけど二人は何も言わなかった。見られているからだ。誰に？　二人にだ。二人は二人を見つめている。二人が暮らす部屋の隅々に行き渡った視線のうち、あれにはふれても害がなく、それにさわると警告音が鳴る。

☺

「書いて。『いつまで続けるの？』って」

「かわいそうだよ」

「誰が？」

「他に誰がいるんだよ」

「飽きてるんじゃないかな」

「誰が？」

「他に誰がいるんだよ」

描写の向こうで眠りたい

遠からず、私たちは「profile」を単に「描写」と訳さざるを得ない情報環境で暮らし、「subject」と「controller」を別の主体を示す語として区別できなくなるだろうから、そのとき改正されるであろう諸法が、その条文から単に「solely」の含意を削除するだけで社会を規律できるかは定かでなく、しかしいずれにせよ、ある主体から他の主体への不信が閾値を超えて、穏当な作法による対話を通じても低減されなくなったとき、国民は、「対象とならない」又は「服さない」といった消極的な言明では許容しえない、「従わない」とでも表するべき、より積極的な権利を望み、その正当性もまた取り沙汰されるにちがいなく、そのような将来に備えて私たちが検討の俎上に乗せるべきは、優れた技術の脅威でも、劣った知識しか持たない個人の保護でもなく、異なる思想を持つ主体間で不信を解消するための、「描写」を含む「著作（work）」の基本的な機能と効果であって、ここに至って、自動プロファイル拒否権をめぐる議論は、近代出版の黎明期に熱心に語られた、今では古典的でありきたりな、プライバシー侵害類型の現代的な再検討へと立ち返るほかないのだった。

III

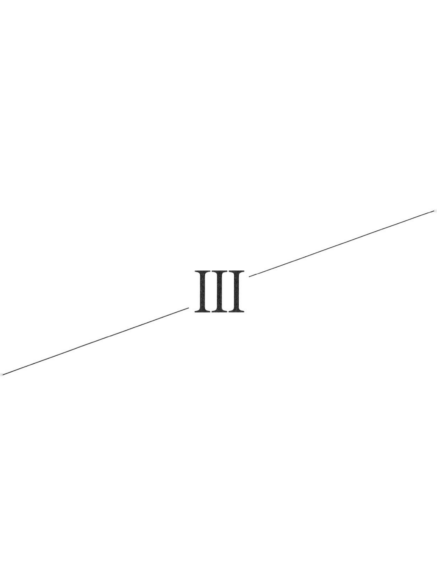

荒木さんの退職

を、文化系女子がビジネスコミュニケーション不全に陥ったせいで職場からミュートされるまでに密着したハートフルドキュメンタリーに仕上げたい。だけど僕には漫画の才能がないし、キャラクター造形の勘所も分からなくて、調査報告を書くときはいつも、

「……リアリティないっスよ」

荒木さんに助言をもらっていたんだ。職場は資料とデータで散らかり放題で、日本社会の真実どころか五分後の打ち合わせ資料を綴じるホチキスさえ見つからない。だから僕たちアナリストは焦ると決まって荒木さんのデスクを訪ねる。あると嬉しい文房具がすべて揃っているからね。消えないボールペン、大判のふせん、裏地にクッションの付いたA４サイズの封筒、気が利いた色の製本テープ、六十枚まで綴じれるホチキス。

別の部署の誰かが書いた報告書の山もある。誰もが荒木さんに読まれがっていた。いつも無口で笑顔も堅い荒木さんは「ビジネスの素人」だと思っていたから、自作の調査が常識はずれの結論に着陸していないか気になったとき、

「ドレッシング好きの主婦はマヨネーズ好きの主婦より自炊が得意だから意外に外食しないので、

昼休みにＬＩＮＥクーポン配って退勤時にレシピサイトに広告出してゴールデンタイムにテレビＣＭ流すと効く気がするんだよね」

なんて無難な報告書のサマリを読み聴かせて、
「あー、ですね」「まぁ別に普通っス」「いやーちょっと、まぁ…はい…それならそれで」「こんな子いませんよ、いや分かんないスけど」「よく分かんないっスね」

反応のちがいを確かめている。だって契約先の顧客データベースにも、隔週の定例会議にも、〝リアルな女の子〟なんてどこにも存在しないからだ。

なぜだと思う？

僕らの仕事は、正しいデータと正しい分析と正しい解釈と正しい判断で、正しい結果を導き出すことだからだ。会議室で検討される報告資料に誤ったデータは掲載されず、分析結果に異常はなく、解釈の歪みは生じておらず、判断に迷いはない。ゆえに経営戦略は常に正しく、施策の効果が伴わないのは時代が追いついていないからで、来期も投資は継続するべきである。

そんなわけで、僕らが仕上げた報告書によれば、

「地方上京組で中堅文系私大を卒業した20代女性の大多数は独身のひとり暮らしで、自分磨きにもキャリアアップにも結婚にも関心がなく、しばしば人付き合いも苦手だから、推定される預貯金額は同世代の男性よりも高い一方で消費性向は〝慎重なこだわり派〟に属し、商品購入に係る情報収集はインターネット等の仮想コミュニティで行うため、自分使いの生活用品も人に自慢できる〝軽く上質なもの〟を選ぶ傾向にある〝自分だけ贅沢ガール〟」というわけ。

つぎはぎだらけな非実在女子の誕生だ。

この「精巧な顧客ペルソナ」を説明し終えて（リハーサルかな）、すっかり自信をつけたおじさんが、偉そうに胸を張って（中肉中背のね）、来客用会議室に消えると（遅刻してたけど）、「やっぱいるところにはいるんですかね」と、荒木さんが隣席の僕に聞く。

荒木さんの質問にはしばしば主語が抜けている。

「誰が？　あのおじさん？」

「いや、こういう子」

「荒木さん的な？」

「あ、いや、います、私、ここに」

「ですよね」と答えたところで気がついて、「さっきの調査の？」

うなづくので、やっと分かった僕も「いない」と思うから、

「荒木さん、就活までですよね」と聞き返すと、

「いやー学校も最近あんま行ってなくて……」

「でもうちのバイトは遅刻しないじゃないですか」

髪はぼさぼさだけど、と思いながら。

「けっこう徹夜しちゃうんですよ」

締め切り前に自宅作業を頼みたいとき、すぐに返事をくれるから嬉しいんだけど、

「家で何してるんですか？　土日とか」

「まぁ寝てますねー基本」

ちょっと心配で、

「お酒とかもう飲めましたっけ」

飲めなくはないけど面倒だから誘うなよ、みたいな苦笑いをするから、

「今夜、あの、栄養ドリンクとか要ります？　夕飯買いにコンビニ行くんですけど」

「……うっすうっす」

誘わずにいてくれて、かなと僕は思う。

「レッドブルでいいです?」

「チョコラBBの、一番高いやつ、なければ何でもいいです」

おにぎり二個と強強打破とチョコラBBハイパーを買って戻ると、顧客企業から調査結果の追加質問がきている。本文には「ギークガールとWeb女子の差を詳しく教えていただけないでしょうか」

送信者はFacebookに「東洋経済オンライン」と「現代ビジネス」と「ガイアの夜明け」と「ワールドビジネスサテライト」と「Newspicks」と娘からのLINEしか投稿しない、経営学部卒の販売促進部生活者データマーケティング部長。

電話をかけると弱った声で、

「Web担の女の子が何言ってるのかさっぱり分からない」

飲み込みの早い若手だからと方々の社外研修に向かわせていたら、専門用語と論破スキルと人を舐めたような態度を覚えて帰ってきて、

「舌打ちされちゃってさ」と話しながら、「うちの娘もなんかさぁ」

と長話のそぶりを見せる。伺いましょうか、と僕は尋ねる。打ち合わせや報告資料とちがって、通話やメールに費用は生じないからだ。無償で他人の愚痴を聞くのは惜しい。訪問前に質問を箇条書きにして再送してもらえないかとだけ依頼する。

三十分後に四つの設問が届いたから、自分のパソコン画面を見つめたまま、

「荒木さん」

返事がない。小声だからだと思って、

「あの、ちょっと聞きたくて」

黙っているから、

「荒木さん？」

と、のぞき込むと、明らかにPixivの検索結果が表示されていて、繊細な筆致と奇抜な色彩で描かれた細身のおじさん二人が、膝と腰につらい姿勢でお互いに身を寄せて、淫らな目つきで見つめ合う画像が目に止まる。

「自作ですか？」

横顔を見ると居眠りしている。ずり落ちたメガネの下、目元にうっすらクマができていて、いつも基礎化粧だけみたいな手抜きメイクだから隠しきれてなくてかわいい。

不用意すぎるだろ……と思いながら、

「プレミアム会員ですか？」

耳元でつぶやくと、やっと気づいてあたふたしながらブラウザを次々と閉じて、赤面したまま構文の崩壊した日本語を発声するから楽しくなってきて、

「残業しません？」

会うだけならいいでしょ、と期待しながら、彼女を本物のかっこいいおじさんに会わせてみようと決める。なのに断るから、

「どうして？」

せっかくの機会なのに。

「本物はだっていやなんですよ」

「でも本物ですよ」

「本物じゃやだめなんですって」とつぶやく声が、僕を呼ぶ上司の大声にかき消される。席を離れる間際に僕は、

「とにかく来てくださいね、一緒に」

荒木さんがうなづいたかどうかは見えなかった。数十歩は離れた上司のデスクで、稟議申請した見積書の各項目がどの調査の何に当たるのか説明しながら僕は、一般に彼女たちは人前で趣味をさらすなんて無防備なことしないし、打ち解けた男にさえ好みを伝えることはなくて、なのに

どうして職場で検索履歴が見られるようにしたんだろう。〆切間際で焦っていたのか。

ともかく十五分後、眠そうな荒木さんを連れてタクシーに乗り込んで、予定より早く顧客企業の入居先にたどり着く。明るくて清潔な高層ビル。会議室の予約履歴を残したくないらしくて、メールをくれたおじさんは来客受付で僕を待ちかまえていた。目が合うとすぐさま商用の笑顔になったけど、その笑みがわずかに崩れるのを僕は見逃さなかった。

「なるほどね」とおじさんは言った。「その手で来たか」

「このほうが手っ取り早いですからね」

おじさんは胸元の内ポケットからわざとらしく名刺入れを取り出すと、会社名と名前を名乗り、うやうやしく一枚を荒木さんに差し出す。ロード画面がフリーズしたまま異音を発する彼女を僕はざっくりと紹介する。二人はおじさんに連れられて、社食と呼ぶには洗練されすぎの喫茶店なのかレストランなのかフードコートなのか。ともかく「好きな飲み物」を注文させられて（レッドブルと爽健美茶）、僕は「先ほどいただいたご質問」にすぐに答え始める。

僕は何度も呼ばれているからもう慣れている。荒木さんは爽健美茶をぐいぐい飲み干してしまって落ち着かない。おじさんの質問にもぐだぐだな答えで、だけどそれが本物の内気な女の子である証拠だ。定型の質疑応答をこなしたあと、

「現実の未婚率は、例えば透明な愛しさや切なさといった感情に転換されてフィクションへ反映されるものでして、射撃戦闘を写実的に模した三人称のオンラインゲームが実社会の犯罪件数の増加に寄与しないように、恋愛漫画がオンライン投稿サイトで濁流みたいに量産されたとしても、作者である中高生たちが淫らな妄想に慣れ親しんでいるわけでも、性風俗に扇情的な興味を示しているわけでもないんです。つまりその、言ってみれば、彼女たちはあいさつみたいに恋をしているだけです。心配いりませんし、従来のマーケティングコンセプトを使い続ければいいと思いますよ」

と僕は伝えた。おじさんは自社商品の名前をいくつかあげて、荒木さんがどのブランドの訴求点に同意するのかを、提督みたいな笑顔は崩さないまま、刀剣のように鋭い視線で見つめていた。「会社でもジャージなの?」と聞いたおじさんは、「半ニートなんで……」と荒木さんが答える意味が分からないらしい。「働いてるのに?」「家帰ったらただの廃人なんスよ」「廃人って?」「わりと終わってる人的な」「何が終わってるの?」「えっと……人生?」僕にとってはつつがなく、

彼女にとっては死にたみに満ちあふれた二十七分をすぎたところで、おじさんは社内から電話で呼ばれていなくなった。


「どうでした？」

おじさんの感想を聞いたら、

「やばいすね」

「いい人でしょ」

「えへへ」

「でしょ」

と言って、

「次のコミケには出るの？」とまた探ってみる。

「……申し込みは一応」

「また休むの？　バイト」

「もしよろしかったら……」

敬語がおかしい。

「読んでみたいな」

絶対だめな日の女の子みたいに拒むから、荒木さんは別に本物に会うとか会わないとか関係なくて、それはそれでちがう世界観で作られた場所で生きていて、つまりはフィクションをフィクションとしてフィクションのままで楽しめる子なんだろう。その体感がよく分からない僕は、とりあえずどうにかして目の前にいる本物の荒木さんを本当に困らせて遊びたかったから、ちょっとさみしい。

「でも今日はありがとう」と伝えて、レッドブルをわざと一気に飲み干して、彼女が僕と何時まで一緒にいてくれるかを試してみた。五分も経たずにそわそわし出して、スマホ画面をひたすらいじり始めたから、諦めて最寄り駅まで送った。翌週から荒木さんは会社に来なくなった。

八月から十一月までが溶けるように消えて、クリスマスが来ても、年末年始をすぎても、僕の隣の席は空いたままで、代わりに美術館巡りが趣味だという女の子が入ってきた。年上の目を見ながらてきぱきと喋れるそれなりの美人だった。面接で「最近読んだ本は?」と聞くと、「二村ヒトシって知ってます?」なんて遅まきに通ぶって来るから興醒めだ。

そんな、どこにでもいる本当に本物の女の子なんて求めてないから。商用の笑顔で聞いてあげるけど、お願いだから完璧なコミュニケーションなどといった退屈な仕草を覚えようとしないでほしい。

新しいその子の隣でうんざりしながら笑顔で朗らかに働いていたら、会社宛てに封筒が届いた。中身は知らない劇団の舞台公演のチケットで、予約日はバレンタインデーの前日だった。二月十三日土曜日の夜十九時三十分から二時間の予定で、筋書きはオーソドックスな学園もの。出演者名で順番にTwitter検索したら、新人女優やモデル志望、グラビアアイドル、若手声優、小演劇の常連役者、メイド喫茶勤務、インフルエンサー。会場の席数は五十人ほどで、追加料金を払うと出演者とチェキが撮れる。要するにファンイベントだったんだけど、端役にどうも見覚えのある名前を見つけて、その名前でGoogle画像検索した結果が表示されたときはびっくりして、でも嬉しくて、

「……リアリティないっスよ」

特訓したんだろうな、と僕は職場でひとりにやけていた。

空間とその美女のアドバタイズ

初めて恋をした日からだいぶたって、その子はとてもきれいになった。世間が居場所を見つけてくれて、気のおけない仲間ができて、稼いでいける自信がついた。

「本心はいいんです。好きか嫌いかを言ってください。聞いたら諦めます。どっちにしろ、付き合ったりとかはできないので。遠いし、交通費とかないもん」

その子、といっても僕たちのなかで彼女より年上だとはっきり分かっているのは一人だけだ。今年で三十五歳になるくせに、いつまでたっても家族を溺愛している。息子と娘は八歳と五歳で、生臭いスキャンダルとは無縁の温かい家庭を作り上げようと熱心だった。

「読みました？　メール、送ったんですけど。届いてたら返事くださいよ。あなたは実在する生身の人で、なりすましでも悪ふざけでもなくて、見知らぬ他人に愛着を示せる優しさがあって、健康で、暇で、饒舌で、さみしくて、現実の人付き合いにはすっかりうんざりしている人なんでしょ？　裏切らないでください。私じゃなくて、そのキャラを。守れよ人として。性格の固有性と、愛着の作法を」

その子が好きだった誰かを僕たちは知らなくて、切れぎれに書き散らかされ、たびたび引っ越されたブログを読み継いで分かることは乏しい。

まとめると、その子は自分のことをもう若くないと思っている。年上との付き合いがすっかり苦手になった。そこそこ昔話ができるようになった自分が恥ずかしい。裏返しか、年下との接し方がぎこちない。そして打ち解けて話せる人がいなくなった。

部屋中が散らかりっぱなしで、たまった家事をまとめて片づけようと早起きする休日なのだけど、すべてを同時刻にスタートさせてしまってなんだか生活の設計と経営に追われている気分になるようだ。

だるいよー、だるいよー、と歌っているうちに変てこな調子がついてきて、即興の、陽気な踊りを考えついてしまうこともあると報告している。

その振り付けがカワイイと呼べるか、字面だけでは判らないものの、魅力を感じてほしそうに書かれているから、僕たちは魅力を感じようと努力する。

僕たちのなかには、生身のその子と会って話したことのあるやつがいて、そいつは言う。

「あの人が夜な夜な独りで部屋にこもって、死人みたいな無表情でテキストを打ち込んでいる。その時間は、ただの無駄だ。誰かやめさせてほしい。もっと、毎晩、すてきな男性と飲んだくれてくれないか。その写真だけを投稿すべきだ。貯金をしたいのか？　あの人の内面は過小評価されている。あれは、誰か一人だけが独り占めしてよいものだ。それを見せびらかすなんて」

「とてもきれいになったの」とその子はそいつに言った。「こう見えて昔はごみくずだったわけだよ」

そいつはそいつなりに女で、僕たちほどには女としてあることを諦めていない。ずいぶん複雑になったけど、それでも今の時代に即した身のこなしというのはあって、その子はそれをすっかり着こなしていた。だからそいつは憧れた。その子がなめらかに話す昔話に。酒と肴の選び方に。酔い方にさえ。


そしてそいつは洗いざらい話してしまった。その場で思いつくかぎりすべての個人情報を晒した。その子はすべてを聴いて、戸惑いながら、聞き流していないことを分からせたくて、そいつとずっと目を合わせていた。

そいつは照れた。何度も目をそらした。怖くなった。じぶんが抱えている、暗黒の輝きを放つ、大切な悩みが、その会が終わるころにはすっかり溶けてなくなって、そいつを腑抜けにしてしまうのではないか。

視線を外すことの意味を深読みされたくなくて、注文表を見たり、その子のお酒の残りを気にしたり、料理の減りを確かめたりしていた。

その子は、しかし満足できなかったらしい。ずっと後になって、別の場所で、ひっそりと、十分に有益な助言を伝えられなかったと悔やんでいた。僕たちのなかでそれを読めたのは一人だけだ。二人きりで飲みに行けたそいつとはちがって、その一人はその子とはあまり親しくなかった。

その子が作詞した、だるい時に歌う唄は、

だるいよー、だるい　掃除するのは
だるいよー、だるい　料理するのは
だるいよー、だるい　早起きするのは
だるいよー、だるい　洗濯するのは

といったように、「〇〇するのは」の空欄に入る単語を入れ換えてやることで、無限に歌い続けられる発明だと説明されている。挙げられる家事がすべてなくなったあと、

けど、見なよ

こんなにきれいになっちゃった
美しい夕焼け
費やされた暮らし

と歌って幕切れとのこと。

「※夕焼けは、星空でも、日の出でもよい」と追記され、その子は朝食を世間へ公開した。美味しそうに撮れていた。その裏でその子は、年下の女の子と飲み交わした酒席をふりかえりながら、届く助言とは何か、発するべき言葉の質を悩んでいた。僕たちの誰もそれを読めないはずだった。

「Google+がサービス開始したとき、たまたまごく初期に使いはじめたんです。それを彼女に紹介して、簡単な使い方と、サークルに入れておきたい著名人の一覧を手渡したのが私でした。女の子アイドルグループが露出を競い出す前で、ニュースサイトの管理人や写真を投稿したい人はすぐにミュートすればよかった。わりとみんな長文を書いていた頃でした。そういえばGoogleのなかの人が、わざとかあえてかは知りませんけど、社内向けディスカッションを一般公開して騒がれていましたね。もうずっと前の話ですけど」

その一人は、それまでのどのコミュニティにも馴染めなかった。というより、撮影したり投稿したり書き込んだりする欲望がなかった。パソコンは家族と共用で、電車の時刻表と外出先の食事場所を調べるのにしか使わなかった。音楽は聴かないし本も読まない。映画も地上波テレビ放送でながら観するくらい。化粧と服飾に散財していて、ケータイはいまだにフィーチャー・フォンのままだ。ところがGoogle+の初期ユーザになった。放課後はいつもすぐに帰ってしまう、その道にとても詳しい子から教わったのだ。

だけど二人が仲良くしていることは、教室では内緒にしていた。階級と役割のちがう二人だから。

別の界隈の人へ話しかけたというだけで、陰口を言われる年頃だった。楽しそうにお喋りしているなどもってのほかだった。〈夜〉の世界の住人と、〈昼〉の世界の住人は、お互いの暮らしや考え、好きなことを分かりあってはいけない。そのような建前が取り決められてあった。それで生まれた悲恋もあった。孤独から逃げ出せた人もいた。騒ぎや揉めごとは季節ごとに起きたから、後々の語り草にもなっている。

そしてその一人はそうした一切を憎んでいた。嫌っていた。くだらないと思った。そのように定められていることを蹴り飛ばしたくて、繁華街で安全に危険な遊びをしたくて困っていた子をたまたま見つけて、段取りと醍醐味を教えてやると、お礼にその子は彼女を特別な場所へ連れていった。

個室を挟んで、他の客の迷惑にならないようにと気をつけながら、メールと小声を使い分けて、ゆったりしたリクライニングチェアーと広々したデスクと大きなマウスと打鍵音のしないキーボードの使い方を彼女に教えた。好きな漫画は何かを伝え合った。

下手くそな自分が見つかった。彼女はそれを好きになった。遊び相手はすさまじい速さで返信を送ってくるし、口頭だと照れた早口でしかも小声だから、何を言いたいのかさっぱり分からなくて、何度も女子トイレへ呼び出して詳しい操作を聴いた。手洗い場で、住処も家族も財産もなくし誇りも尊厳も手放そうとしている、荒れ果てた姿の中年女が靴下を洗っていた。

「はじめから二人部屋にすればよかったね」

と言ったって、恥じらって個室を選んだのは誰だと問うと、

「そんなことより、このブログを読んでみたまえよ。すてきだよ。大人の女の人だなぁって思う」

そのようにして、その子のことを教わった。だからその一人はその子とあまり親しくなかった。遊び相手が漫画を読みたがったとき、かまってくれなくなったときにだけその子に話しかけて、いつも途絶えがちなひと言を残していく。

気にはされているようだった。だけど、やっと気づかれて、ぽつぽつとやり取りを始めるまでは、彼女の情報リテラシーが低級だったことも手伝って、その子はなんとなく憧れの誰かでしかなかった。

その子は、なにか書きづらい実体験をしたとき、自分を遠くから見つめるために、「その子は、」という書き方をよくした。そこから「その子」という呼び名が生まれて、僕たちのなかでも年下のやつらは「その子さん、その子さん」と言って親しんでいた。

「その子さんは美人とかじゃないよ。ごみくず育ちの貧乏娘なのだぜ」

僕たちはその子を羨んだ。その子の語るつらかった日々は、あんまりつらくないか、つらそうだったにしても輝いていて、残念だとはとても感じられなかった。その子の半生は僕たちの全員が未体験なので、その子だけの人生なのは当たり前だけど、たとえばその子が試験の答案を披露するときには、途中計算のつまづきでさえも、その子が特別な人だということを証明しているかのようだった。全体の問題傾向からして、難易度の高い設問のうち、その子が答えられなかったものがあると、僕たちは出題者の無理解を嘆いた。

ほとんどの僕たちはその子のすべてを知りたがった。数えるほどの女だけが、想像上のその子と、舞台上のその子の、設定や言動が食いちがうことを嫌い、やがていなくなった。僕たちはいつもその子が大好きな僕たちでいられた。年を取るにつれて、僕たちが僕たちなりにパートナーやソウルメイトを入手して、愛したり愛されたりするようになってからも、その子と僕たちで過ごすひと時は大切にとっておかれた。その人ごとに細切れの、記念日にもなれないわずかな時間だ。

つまり「周囲の無理解」と要約されてしまうけれど、僕たちは自国の首脳にその子の魅力を知ってもらい十全な保護法を整備してもらいたかったわけじゃなくて、家族や友人、職場の人たちに、その子のことを口に出せないのがつらいんだ。あいつらはその子を、飼い犬とか、外食とか、スポーツと同じくくりでしか見てくれない。

僕たちはそれが我慢ならないのだ。そのように妬んでしまう自分もふがいない。僕たちはあいつらに、僕たちに関心を持ってほしいのか。僕たちの好きなその子に注意を向けてほしいのか。自分たちにも区別できない。じれったい。ぐにゅぐにゅする。

そんな僕たちは、年表が作れるくらいにはその子に詳しくなっている。欠けた知識を持ち寄って、なるべく完全に近いその子を作り上げる手続きに、僕たちはふとしたきっかけで夢中になった。記録と保存の平面に、その子のなるべくたくさんを引きずり出した。わずかな隙を狙って、その子に個人的な体験を話させようとしたものだ。

もちろん誰もが見ている前で洗いざらい聞き出すのは難しい。その子も警戒して、防御の冗談を織り交ぜてしまう。するとどこまでが真実かを見定めなくてはならず面倒だ。そこで聴き手を分散させる。会場を多発させる。僕たちが、それぞれの得意分野を受け持って、その子と二人きりかそれに近い座組みになれたとき、聞き出せたことをあとでみんなで共有する。

公に書き込んではいけない。その子に気づかれてしまうから。敬愛は水面下で行われた。祝福を当日まで隠しておくように、僕たちの発言は意味深になり、暗号めいて、僕たちのなかでさえ誤解が生まれる。行き渡らなかった情報をめぐって、妄想や噂が飛び交って、事実と異なる風聞が流れた。個々の記述が語られ、信じられたときの時系列を洗い出し、あからさまな異説を退けていると、元の話題よりも口論のほうが膨らんでしまう。

それでも不確かな伝聞は消えない。その子もちょくちょく嘘をつくのだ。相手によって答えを変えることさえ。寄せ集めた事実を照会するたびに僕たちは、実は信用されていなかったことにがっかりしたり、知るべきでないことを知ってしまってときめいた。

そのようにして、その子は美しく、愛される人に育っていった。冷静にふりかえれば僕たちは嬌声をまき散らしていただけだ。でも僕たちの、その声は、その子の周りを温かく和やかで落ちついた空気に保っていた。遠巻きに見ていた人が言うには、くだらない冷笑、軽はずみな蔑み、浅はかな妬みはまったく近寄れなくなっていたそうだ。

そうして僕たちが僕たちの愛すべきその子を、他でもないその子の言動それ自体から編集し始めたのと同じころに、その子は久しぶりの恋をして、生活をはりきり、仕事へ打ち込むようになった。

僕たちはますます夢中になった。その子みたいに、生きることへ、熱心であろうとがんばった。成果は上々といったところか。どのような体験も落ちこぼれと浮きこぼれを生んでしまうけど、その子を見つめ、自分を見つめなおす日々を通じて、僕たちは今までの僕たちではいられなくなったし、なにより日々は待ったなしで過ぎていった。そのあいだもずっとその子は死ななかったし、落ちぶれなかったし、消えなかった。

既存のさまざまなコミュニケーションと、その子と僕たちの付き合いを比べたとき、僕たちは自分たちがよく分からない活動をしていると気づいた。僕たちはその子を有名にしてあげたいとは思わなかった。だけど僕たちがその子をしょっちゅう気にかけていると身近な人に知ってほしかった。

簡潔に定義すれば、商業アイドルやその志願者と取り巻き、教室や職場のアイドルとそのファンダム、その観察者たちといった、世間に十分に知られ、その性質も語り尽くされた集まりへと育つには、少し足りない親密さを分かち合っていただけのことだ。

きっと、僕たちのなかに、野心を抱いたり、独占欲を表明する人が現れれば、すぐさまそちらへ、その子の人生は転がっていったにちがいない。僕たちの誰もその子を唆さなかった。その子もいたずらに目立つことに欲ばらなかった。

そして生まれた絶妙の均衡が、どうしてあんなにも長続きしたんだろう？ 盛りを過ぎた男性アイドルを買い支える女たちが、数年に数回だけずっと愛し続けるのに似ていた。ありがちなスキャンダルに身を浸さなかったから、更新されるその子のライフログは時々退屈だった。特別に秀でたところがあるわけでもないのに、僕たちがそれぞれの実生活で出会うさまざまな他人たちに誘惑されなかったのはなぜだろう？ 僕たちのうち何人かが、男を連れたり、子を生み育てたり、部下を持ったり、独り身に慣れ親しむあいだも、その子の生き方が、ずっと僕たちのライフスタイルの中央値だったからなのか？

僕たちは、その場に集まれた僕たちだけで話し合った。居合わせられなかった分をさかのぼって読んでいると、この話し合いはいつまでも続く気がした。

そしておおよそを話し終えたところで、僕たちは僕たちのなかに、他でもないその子が紛れこんでいると知らされた。誰かがばらしたんだ！　その子も白状した。少なくとも二人が犯人だ。その子に僕たちの密談を知らせた者と、その子の潜伏を僕たちに知らせた者。そうとしか考えられなかった。被疑者が炙り出され、僕たちは事情を聞きただしていった。

別名を使っていたから、僕たちはその子がその子だとなかなか証明できなかった。その子の特徴は僕たちみんなが知っていて、その子しか知らないことは、僕たちにも本当かどうか分からない。尋問の設計は難航した。その子が発表した文章について、著者の意図を訊ねた。その子が公開した写真について、撮影時の詳細を語らせた。

どれもすてきで、その子らしいなと思えるエピソードばかりだった。僕たちは困った。その子はその子じゃないかもしれない。その子かもしれない。その子じゃなさそうなところも、意外な一面で、話されるそばからその子だということになってしまう。

困り果てた僕たちを見かねて、その子は僕たちに自分の声を聴かせてくれた。こんな声だったのかと僕たちは思ったとしか書きようがない。その子に会ったことのある僕たちが直ちに呼び出された。僕たちは僕たちがその子に本当に会ったことがあるかを確かめ合った。嘘をついていた者や、別人とまちがえていた者が退けられ、本当に会ったことのありそうな僕たちだけが残された。

ついにどうやら本当に会ったことのありそうな僕たちが、本当にその子かどうかを見極めることになった。僕たちの誰もネットワークに詳しくなかったから、一つひとつの宛て先、名前、書き込みを紐づけるのは大変だったし、ちゃんと紐づいているかは正直なところ定かでなかった。その子が見られ、話しかけられ、語られることに慣れていなかったら、僕たちは自分たちが始めてしまったこの終わりの見えない確かめの作業を続けていられなかっただろう。

僕たちが飽きもせずにいられたのは、その子が辛抱強く、多くの時間を割いて、僕たちの不安に付き合ってくれたからだ。そしてとうとう、僕たちがもう大丈夫だと合意し、その子はその子であり、本当に会ったことのありそうな僕たちは本当に会ったことのある僕たちだと見定められたとき、なんと、その子はその子がその子だけではなかったと打ち明けた。

その子は僕たちだったのだ！　僕たちのなかにいる何人もがその子だった。分かりにくいがこういうことだ。中心になってその子としてふるまっていたのは確かにその子だ。だけどそうではない部分で、僕たちのなかの数人が、その子と一緒になって、その子を作り上げていた。

初めは僕たちをからかうつもりで、その子に会ったことのある僕たちの一人が、「これを投稿してくれないか」とその子に頼んだ。その子は喜んで引き受けた。その一人は、それからも度々その子に、言ってみれば「私をあなたにしてくれないか」と願った。その子は断らなかった。そしてその時すでに、その子のところへは、同じような僕たちが同じような頼みごとをしに訪れていたのだった。

驚いたことに、その場に集まれた僕たちの大勢が、いつかどこかで部分的にその子だったことがあると告白した。その子は、その子の目の届かないところで、その子としてふるまう僕たちがいることを知っていた。誰をも咎めなかった。それどころかその子は、その子としてふるまう僕たちのように生きることさえしていた。つまり僕たちはその子のように生き、その子は僕たちのように生きた！

とうとう、今まで一度もその子になれなかった子が自分を惨めに思い出した。何者にもなれなかった僕たちは大げさに悲しんだ。その子は慰めてくれた。ますます好きになってしまった。

僕たちのほとんどはその子になりたがっていた。だけどその子のほとんどはもはや僕たちだった。なんだかもう奇妙な言い方しかできないが、僕たちの生きたその子の発生源であるその子は、僕たちからさまざまな生き方を覚え、真似、着こなしていた。僕たちのなかのある部分がその子を形作ったことはもう疑えなかった。

そのうちに僕たちは、僕たちがしでかしてしまったことの大きさに直面した。その子と僕たちが、僕たちとその子になりきっていたこと。そのこと自体はありがちなもので、そこまで驚くには当たらない。しかしこの日々は！　誰のものでもないままに過ぎていった僕たちの歳月は、僕たちが楽しんだこの恋は、誰のためかもあやふやなまま、なんの許可もなく僕たちを熟してしまった。

初めて恋をした日からだいぶたって、僕たちはとてもきれいになった。世間が居場所を見つけてくれて、気のおけない仲間ができて、稼いでいける自信がついた。

ストイコビッチのキックフェイント

何かを言い表したいとき、彼らにはいつもぴったりな言葉が見える。周りの人たちよりもちょっと敏感で、ちょうどいい広さの部屋的な何かの在処を感じられる。特異体質。環境に不釣り合いな大きさの力。病気なのだ。治療法は安静にして回復を待つこと。特効薬は十分な時間。溺れない程度の性交も症状緩和に効き目がある。日本だと夕暮れ時の男子中学生か深夜の女子高生に多い。けどほとんど誰も気づかない。本人にもわからないうちに発症して、誰も知らないうちに治癒してしまう。

ぴったりな言葉で言うとすれば、「ぴったりな言葉が見える」というのは、「ぴったりな言葉が見える」ということだ。ある日の野球場を埋め尽くした人たちの命をたった一言で救った女の子もいたし、ある年ある村で起きた同時多発不審死の原因が、十年前から繰り返されてきた村民たちの何気ない言葉の積み重ねだったこともあった。とはいえ彼らにとってそれは生まれつきの便利な癖みたいなもので、いつ・どこで・誰に・何を・どうやって言うか見極めるなんて、感覚の鈍い私たち一般庶民の見苦しい努力でしかない。彼ら的にはただ言うか言わないかの問題でしかない。彼らには「それ」がいつでもばっちり見えてて、「当たり前過ぎてつまらない」「みんなに悪い」「してもしなくても別に一緒」とかの理由でいつもは「それ」をまるで無視して日々を暮らしている。「たまにうっとうしい」「なんかうるさい」「暇だから」とかの理由で彼らがたまに「それ」に触ると、ぴったりな言葉で言うとすれば、とんでもないことになる。とんでもないことに、とんでもないことが、とんでもないことになるのだ。少し精細を欠く言い方をするなら、いつまでもずっと残ったり、根本からがらっと変わったり、いきなり勢いよく動き出したり、遂に終わってしまったり、するのだ。えーっとね。そうだな。よく神々が舞い降りてくるとか、大地から湧き上がるとか、言うじゃん。あれってかなり雑な言い回しだけどまぁ外してはいなくて、平成風の比喩で言うなら、言葉を検索して選抜して陳列する速度と精度が許し難いほど優れた彼ら。近くで見てると、悔しくて殴ってやりたくなるけど、すぐさま数万倍の威力の言葉で鋭く正しく胸を貫かれる。

てかぶっちゃけ表現の精度を上げれば上げるほどかえって命中率って下がっちゃうものなんだけど、だからこそ命中時の威力はぐんと増すわけだけど、ふつうは両立し得ない攻撃範囲と命中率と威力とを、どうやって維持してるのか意味がわからない。裏技でも使ってるんじゃないかな。ドーピングしてどうにかなる競技でもないし。私の爺ちゃんの飲み仲間だったやすしさんも彼らの一員だった。「やっちゃんは／言葉が達者な／人だから」とは爺ちゃんの羨み節。七五調で言うとかの工夫なんて要らないはずなのに、なんでもないところで余計な力み方をしちゃう爺ちゃんはやっぱり凡人だ。「やっちゃん」はそんな爺ちゃんの言葉を受けて「やっちゃんは／言葉が達者な／人だから」と応えた。さすがは「やっちゃん」。爺ちゃんとは違って言うことも言い方も言い時も素晴らしい。昭和の終わりのある日、居間で雑談していた爺ちゃんたちの横で箪笥にもたれてうたた寝していた母さんの胎内で思わず溺れてしまいそうになった。自分が彼らではなく爺ちゃんの血族であることを恨んだ。これから待ち受けているのだろう人生の諸問題に思いを馳せたけど、いきなり見せつけられた越えがたい断絶を前に泣いてしまいそうだった。

もちろん羊水のなかで泣いたりしたら死んでしまう。「やっちゃん」と爺ちゃんは戦時中同じ訓練所でしばらく一緒に過ごした旧い友だちで、母さんたちの結婚式にも呼ばれてたらしいから、もしかしたら私より先に「やっちゃん」の超絶な言語操作に絶望して泣いた兄弟がいたのかもしれない。母さんの胎内はすべての生命が生まれては死に死んでは生まれる底なしの暗い海なんかじゃなくて、どこにでもいそうな人妻Aの使い古した生殖機械に過ぎないのでもない、母さんの胎内としか言いようがない母さんの胎内で、そんな母さんの胎内には世界中からひっきりなしに言葉が降り注ぐ。なんて。世界というか世間だし、母さんは出不精だから、この言い方は確かじゃない。「やっちゃん」ならきっとこう言うに違いない。

「胎内にも外からの音は届くんです」

さすがだね。「外の」じゃなくて「外からの」と助詞を補って、語尾を「んです」とやわらかくするという気配り。日本語の命脈は語尾にあるのだ。「あなた、おビール、お飲みですか」じゃ敬いの気持ちがぜんぜん表現されなくて、せっかくのビールが不味くなる。そうじゃなくて、やっぱり「ビール、飲みますか、あなた」としないとね。ほら。「あなた」の居場所ですべてが変わる。「やっちゃん」ならそんな言い方もしない。

「きみは、ビールは、飲むのかな」

これだ。「ビールを」じゃ、ダメなんだ。品というやつがまるでない。わかるかな。「ビールは」と、こう、文末へ向かう最中にあっても余裕を残した助詞づかい。天賦の才の見せどころ。そもそも「あなた」がいなかった。つまり世界には「ビール」にうってつけの二人称単数名詞というのがあるのです。素人じゃ気づけもしない旬と鮮度を見極められる選ばれた一握りの人たちが、ある日、ある時、ある所で、「きみは、ビールは、」と口にする。そして世界が変わる。たとえばこのあいだチリで起きたマグニチュード9弱の大地震で地球全体の一日の長さが約1.26マイクロ秒短くなってしまったように、彼らがどこかで発した（見た目は）何気ないひと言をきっかけに、世界中の言語は流通量も、流通域も、流通速度も大きく変わり出す。あまりにも激しく大きな変動が至る所で絶え間なく頻発しているから、表面上はまるで何も起きていないように見えるけど、じっさい結果だけみれば出入りは常に±0で不動なんだという理解が民間レベルでなら安全で適切だけど、言語操作技能検定協会会長的な縮尺・解像度での見方で言えば、世界は常に既に永遠に戦争状態にある。勝敗も優劣も差別も存在も時間も場所も対象も目的も対戦相手も定まらない始まりも終わりもない闘い。平静を保つなんてスタンス自体がみみっちい。言語操作技能検定協会会長は、「やっちゃん」は、そんな世界でこれまで八十数年も生き抜いてきたということになる。私たち一般会員も、母さんみたいな有段会員でさえも想像がつかない極限の彼方。進学も、徴兵も、復員も、結婚も、常人には理解不能な圧迫と緊張と興奮の渦中でなんとしても通り過ぎるべき空前絶後の試練だったんだろう。歴戦の勇士だけあって、佇まいがひたすらに美しい。

私がとりわけ心を打たれたのは、「やっちゃん」が言語操作技能検定協会会長であることを、誰にも見せびらかさないことだ。爺ちゃんと飲んでる時も「力」をセーブして周囲との調和を乱さない。周りの人たちも気を遣ってか話題にも出さない。まるでどこにでもいる平凡なおじいちゃんをてきとうにあしらうような扱い方をする。「やっちゃん」くらいの人と付き合うともなると、あからさまな敬意の表現は失礼極まりないからだ。母さんはよく「やすしさんはまだ帰らないのだろうか。私は、早く夕飯の支度をしたいのだが……」という意味の「もうすぐ五時だね」を台所で電子レンジをのぞきながらこっそり呟く。電子レンジではラップされたじゃがいもや凍った挽き肉の塊が無言で静かに回る。turning lapped potato. 冷凍着挽肉的塊。Président de société de l'autorisation de la compétence de l'opération de la langue.

「やっちゃん」は私とサッカーをしに爺ちゃんに会いに来た。サッカーというのは、みんなの足で球を網に蹴り入れる遊びだ。二組の11人が身体能力と計算力の優劣を争い、12人目以降が財布のゆとりと声の大きさを争うゲーム。言語操作技能検定試験の規則にも通じるところがある。試験は大きさを決められた小さな函館みたいなところで実施される。じゃない。函館ではなくて、箱庭だ。この文脈でならどっちも同じ機能で動作するだろうから、気にしなくてよかったかもしれなかったけど、「函館」を「箱庭」とすることによって、次のパスが繋がる選択肢が増える。

パスというのはネットワーク用語で言う「小道」でも、サッカー用語で言う「得点源の受け渡し」でもある。「　　」から跳躍し得る距離と方位が変わるということだ。

飛躍可能性と連想可能性が一定条件下で変動するわけ。

もう少しわかりやすく言えば、次の一文がどうなるかが、ちょっと変わる、ということ。試験は大きさを決められた小さな箱庭みたいなところで実施される。サッカーに似て、試合は選手にとっては人生そのものだが観客にとっては生活の一部で、近隣住民にとっては迷惑と商売の種、国際機関にはラグビーや野球との違いがいまひとつわからない。近づいて見れば生涯を費やすに足る巨大な娯楽施設、遠ざかって見ればどこにでもある小さなお店。「誰でもよかった」とは衝動的無差別殺傷事件関連問題常套句集中最頻出構文だけど、定石を無視している限り試合開始序盤の数手なんてまじで「なんでもいい」。「やりがい」が生まれるのは常にゲーム中盤以降であって、「たら・れば」は試合終了後にしか呟かれない。

「次に誰にパスするかいっつも考えとけよ」と「やっちゃん」は言う。リフティングが上手い。ボールなんてどこにも存在してないかのようだ。まだ足が小さくてボールを強く蹴れなかった私に、浮き球を放る合図を送ってくる。（撃ってごらん）と壁を見やる。ボールが来る。空振りする私。

「ボールから目を離すな」

もう一度始まるリフティング。身構える私。パス。足が球の端っこをかすったせいで、変な回転がかかったボールがあらぬ方角へ。ボールが前に飛ばない。「Ｈｅｙ！」と私を呼ぶ「やっちゃん」。楽しい音楽にはしゃいでるのではなくて、ボールが欲しい時の合図だ。足だけじゃまだ操りきれないから、本番ですると即退場だけど、ボールを両手で拾って、放り投げる。振り抜かれる「やっちゃん」の左脚！　は空振り！　ボールは蹴り終えて崩れた軸足でワントラップされて（空振りはフェイントだ！）、立て直した「やっちゃん」はすぐさま追いかけて今度は右足！　直撃した家の壁が音を立てて崩れ落ちると、無人のサッカースタジアムがあらわれた。私を連れて「やっちゃん」はフィールドの内側へゆっくりと歩いていき、センターサークルの端に転がっていた古いサッカーボールを片手で拾い上げ、置いた。どうして一回拾ったのかはわからない。アドリブでかっこいいポーズをするつもりが、思いつかなくて、やっぱり止めた、ということだったのかな。

編集点が十分作れるくらいの沈黙と静止を経て、「さ。練習しよう」と「やっちゃん」は言った。その日から私は毎日学校帰りに時空をひとつまたいだ向こう岸にあるサッカースタジアムで「やっちゃん」の熾烈な試験を受けた。つらかった。「やっちゃん」は私の前で一度もミスをしなかったから。ボールの扱いも言葉遣いも常に既に永遠に強く正しく美しい人として生きていた。シュートを外すのはいつも「わざと」だったし、私に主導権を譲るのも「あえて」で、ゴールネットを揺らすときはいつも「しかたなく」そうした。ボールがゴールポストに当たる音が好きで、誰かの言葉を誠実に引用しながら、「3点差がついたらゴールポストを狙うんだ。でないとお客さんも選手も退屈しちゃうからね」

私がいま所属しているのはこの市ではだいぶ老舗のクラブで、この地域ではぽっと出の新興勢力、この県ではまだ誰も知らない未知の存在、この国ではまだ登録すら確認されておらず、この宇宙には数々の美しい星々が今日もきらきらと輝いている。うちのチームはなんとか県大会の一回戦に出れたら将来息子にちょっとだけ自慢出来るかなくらいの実力で、「やっちゃん」はこの県のサッカー関係者なら誰もが知ってる伝説のスター選手だ。国道沿いのスーパー銭湯の永代無料入泉券を持っていた。なくしちゃったので、爺ちゃんの株主優待無料入泉券を借りて毎晩そこへ通っている。私は銭湯の床のあの濡れた感じがちょっと無理なので「やっちゃん」には付き合わない。一人で女湯入るのもなんか虚しいし、全巻あった『キャプテン翼』も『ホイッスル』もなくなってしまった。近所の馬鹿な男子中学生どもが練習試合終わりの汚れた指でやたらに触るから銭湯側が漫画棚を撤収しちゃって、いまじゃＴＶ業界の暗部に寄生するうま味で稼ぐ類いの雑誌しか置いてない。「やっちゃん」たちは夏と春に帰省してくる孫たちから携帯電話の開き方とボタンを押す順番をしっかり教育されてるから、お風呂上がりは高いところに設えられたテレビを天国でも見上げるように眺めながら、ちらちら携帯を見る。電話が鳴ったらすぐに出ないと不安な歳頃だし、携帯画面を流れるニュース字幕とテレビ画面のテロップが全く同じことを全く同じ時間に言っていることに何も感じないみたいだ。「どれ見ても同じこと書いてあるな」なんて言いながら、テレビを見ながら新聞を広げて携帯を開いて雑誌をめくってる。最新の流行についていかないと、孫たちが田舎を離れてしまうという思い込み。私たちが「やっちゃん」から聴きたいのは小沢一郎の悪口じゃなくてドランクドラゴンの太ったほうが出ていた映画じゃなくてサッカーの技術であって、「やっちゃん」が目を輝かせて語るプラティニのトヨタカップん時のあのプレーなのに。

あのプレーというのは絵も動画も身振りも使わずに人に伝えるのが至難の芸当だから、あとで詳しく書くけども、車椅子マークだらけの広すぎる駐車場の中央に聳え立つ巨大な明るい保養施設は、路灯もまばらで暗い山道を走るシルバードライバー達のために今日も休まず深夜まで営業中だ。

私のチームの子たちは友達にはなるべく裸を見られたくない女の子ばかりだから、更衣室でも部屋でしてきたスポーツブラすら隠すようにユニフォームを着替える。汗とかもシカト。シャワーも浴びずにジャージで家まですっぴんで走って帰る一児の母とかもいる。アマチュアとはいえサッカー選手としてのプライドを捨てたくない私は試合後まずちゃんとストレッチをして、シャワーをゆっくり浴びてから、汗に濡れたユニフォームも下着もすべて着替える。この時にはもう更衣室には誰もいなくなるから、ソックスもレガースも脱いで洗える袋にたたんで入れて、肩掛け鞄の底に四角くしまう。スパイクは泥を落としてポイントの減りを調べてロッカーへ。無香料の消臭スプレーを室内へひたすらにまいたところで臭いが取れないことは経験済みだから、更衣室とシャワールームの間に一室設けて欲しいのだけど、市の予算案はそんなことへは一文字も気を使ってくれない。全裸で着替え用の下着に消臭スプレーするのがちょっと馬鹿っぽくて、せめて背筋を伸ばして胸を張って、全身を鏡に映しながら作業。この姿勢でスパイク磨くとなかなか絵になるみたいだ。誰も見てないから気がねなくかっこつけ放題である。

着替えを終えてスタジアムを出ると、「やっちゃん」が運転席に乗った私の車が待っている。私がシートベルトしたのを確認した「やっちゃん」は、発車して、その日のダメ出し。試合中に私が犯した八つのミスをすべて指摘された。私の見積もりだと今日のミスは四つくらいだった。甘かった。「やっちゃん」は試合開始のホイッスルから試合終了のホイッスルまでのすべてのボールと人の動きを記憶できる人なのだ。頭のなかに自動式大容量の動画記録機器があるようなもので、「やっちゃん」にとって大切だったり、思い出深い試合はみんな切れ目なく録画されている。現役時代は、試合中いつも、本人の意志とは離れたところで、これまでの試合での敵・味方のすべての動きが脳裏で瞬時に再生されていたらしい。次に打つべき最善の一手が常に見えていたということだ。言語操作技能検定協会会長になれたのも、この記憶力が前向きに評価されたからだ。

信号待ちで一旦停車して、ＳＯＮＹ製ウォークマンで音楽を聴く猿のように目をつむって、「やっちゃん」にしか見えない聴こえない何かを視聴してから、納得したように数度うなづいて、

「あのスローインあったじゃない」

「どの？」

「恵梨が投げて智美がトラップしそこねたやつ」

「って？」

「あ、ごめん。別の試合のだった」

んーとねぇ、と言って、私にもその時のことがわかるような場面と関係人物と試合状況を探している。そのうちに信号が替わる。発車。

「そう、あれ」と言うから、

「思い出した？」

「いや、違うかも」

「いいよ、頑張って思い出して」お年寄りから思い出す楽しみを奪ってはいけない。

「佳奈子が怪我してた時の試合あったでしょ」

「夏の？」

「……あ、違うな。佳奈子じゃなくて大西だった」

大西は「やっちゃん」の高校時代のチームメイトで、口下手で歌が上手くて、いまは整骨院でお年寄りの肩と腰を揉む仕事をしていて、幼い頃の私とも何度か会ったことがあるらしい。

けっきょく「やっちゃん」は自分が言おうとしていたことがどれなのか絞りきれなかった。その場面で私が三歩下がるべきだったのはサッカー界の常識からして明らかなのに、どの場面かがわからないからどうしようもない。

実家に着いた。爺ちゃんにメールする「やっちゃん」。玄関先まで呼びに行けばいいのに、冷たい、と爺ちゃんはまた愚痴るんだろう。「やっちゃん」はふだんは無口な文字文化圏の人で、爺ちゃんはふだん口やかましい非・文字文化圏の人だ。家から爺ちゃんが出てきた。NIKEのヘアバンド、NIKEのウォームアップスーツ、NIKEのスポーツバッグ、NIKEの靴下、ＮＩＫＥのトレーニングシューズだ。これから二人で市の体育館へフットサルをしに行く。「やっちゃん」が降りた運転席に助手席から移って、扉を閉めて発車、並んで仲良く歩く二人を追い抜く。部屋に戻って、夫と子供の世話を焼いてから眠る。

レガースというのはすねあてのことだ。サッカーは西洋紳士の競技だから、審判の目を巧みに盗みながらボールを奪うふりして相手のすねを蹴ったり、ヘディングで競り負けたふりして相手の足を踏んだりしないと勝てない。お互い相手の裏をかくことばかり考えていて、信じられるのは目に映り頭に浮かんで来るチームメイトの動きだけ。練習通りのスルーパスが通ることなんてめったになくて、ボールを持ったら、いや持つ前に、まずは素早くフィールドを見渡して、どこに誰がいるか、どこのスペースへ向けて動いているか、その子がゴールまでの筋道をどう思い描いているか、を、それとなく察しておく。パスの選択肢が減らないように、ボールをトラップしてから次の人に渡すまでは、次の一手をなるべく限定しないほうがいい。相手に読まれてしまうからね。できればボールも足元に止めるんじゃなくて、次のリアクションが取りやすいところへあらかじめ転がしておくように。頭でわかっててもこれがすごく難しい。ボールを転がす勢いや方向を少し誤ったり、そもそもトラップし損ねたりすると、すぐに無駄が生まれたり、相手に追いつかれたりする。ノールックでダイレクトスルーパスがいくらでもつながる「黄金の中盤」擁する一九八二年W杯当時のブラジルA代表ならともかく、日本の片田舎で運動不足解消と夫との話題作りのためにサッカーしている私たち。油断はいけない、気も抜けない。前線で守備もせずにたらたら休んでられるのは、どこから来たどんな球からでも点が取れる抜群の決定力の持ち主、十年に一度の才能だけだ。

そして日曜日、疲れた身体で智美とランチ。試合が土曜日にあるのは、社会人さんたちに気をつかって。

智美は、スタミナが豊富だけどパスが雑で、もう少しクロスの精度が上がればレギュラーに定着できるかな、というサイドバックだ。前の彼氏が朝と夜の一日二回しないと理性が保てないセックス中毒で、半年睡眠不足に耐えたけど、先月とうとう別れた二十三歳でもある。駅前の「餃子の王将」で週に三日働く接客態度のあまり好くないフリーターでもある。

服は『JILLE』の今宿麻美に影響を受けてて買うのはだいたい通販、UNIQLOは下着中心、ドラマは「瑛太」が出てるのはみる、漫画は兄の影響で『週刊少年マガジン』、映画はたまに邦画ラブストーリーを見るくらいだけど『重力ピエロ』（主演：加瀬亮）には感動したから「伊坂幸太郎」は読んでみてもいいかもしれず、コンビニでよく買うのは「雪見だいふく」、化粧品はどこのを使ってるか書いてないからわからないけど薬局には月に三度は行き、捕鯨禁止運動には賛成で、民主党は支持せず、選挙権は行使したことがなく、確定申告はよくわからないからしてなくて、mixiは飽きたけどTwitterは始めず、ブログの更新は週に一～二回でキャラは明るめで濃いめ、一回の記事は写真が四～五枚で文章はぜんぶで百字くらい。家具は無印良品かニトリが多くて、新聞はとっておらず、両親ともに健在、弟が少なくとも二人以上はいて、サッカーは楽しい。

試合中の智美は無口だ。

私と智美の二人が食べ終わった頃に恵梨も合流。サッカーと、近況と、将来の話をする。本人の名誉のために文体は変えてあるけど、恵梨は、こういうことを言う女子大生だ。

「行政書士という職業は、正直なところ、どうなんだろうか？　就職については、私は、金融業以外には本当に興味がないかもしれない。あるいは会計事務所に行くかどうかだ」

智美が煙たい顔をする。お金にかかわる話を嫌がらずに聞き流す教育を受けていない子だからしかたない。代わりに引きとって恵梨の話を聴く。

就職活動をしたくないのか、就職をしたくないのか、就職と一緒くたに話されがちな結婚のことを考えたくないのか、考えること自体に疲れてるのか、自分でもよくわからない、と言う恵梨に、智美は「考える前に、働け」というようなことを話した。私は「恵梨の言う通りだね」というようなことを話した。それに答えて恵梨が「どうせこんなもの一過性の悩みなのに、その重さに耐えられない私は弱いのかもしれない」というようなことを言うから、びっくりだ。

その場では訊かなかったけど、恵梨が、自分の人生を、いくらでも替えの利くなりゆき任せの組み立て部品の集まりだとしか思えずに、ひたすら自分の体験や気持ちを矮小に見積もることにしか気が行ってないのだとしたら、恵梨はこれからいつもいつまでも楽しく生きられない。言語操作技能検定協会初代会長みたいに、鎌倉仏教でも体得して解脱できれば話は別だけど、その考え方が行き着く先には終わりのない苦しみの自覚しか残らない。

でも私が驚いたのは、いまの大学生が気持ち的にそこまで追い詰められてるのを知らなかったからじゃない。恵梨が悩みをぐだぐだ愚痴る姿が、昔の私そっくりだったからだ。

そして私は自分がどうやってその悩みから脱け出せたのかをもう思い出せない。私はまだ若かった時の私をもう理解できなくなっていて、だから恵梨の話もなるべく親身に聴いてあげるくらいしかできなかった。私は今年で二十七歳になる。

一九八五年十二月八日、私が生まれる前日、第六回トヨタカップ、ユベントスVSアルヘンチノス・ジュニアーズ戦で、ミシェル・プラティニは幻のボレーシュートを決めた。味方のオフサイドで得点こそ認められなかったけれど、というかだからこそ、ピッチに寝転がって頬杖を付く、という姿勢で審判に抗議したプラティニの姿はすごくかわいかった。
もちろん私が見たのは「やっちゃん」に借りたビデオでだけど、次の一節の傍点部が、特に美しいプレーだ。実戦でするのは難しいけど、練習でなら誰でもちゃんと上手く出来るから試してみて欲しい。たとえ無人のフィールドで無人のゴールへ向かって誰からもマークされずに決めるシュートだったとしても、それなりに気持ちいい。

右ＣＫを敵ＤＦがヘディングでクリアする。そのボールをボニーニがヘッドでプラティニの胸元へ送る。ＤＦ二人がシュートコースをふさぎに駆け寄る。ペナルティエリア内は左サイド寄りでプラティニはボールを胸で受け、シュートを打たず、自分の頭越しに左サイドへ右足でボールを浮かす。これでＤＦ二人のマークを一気に外し、改めて左足でシュート体勢に入る。ボールの落ち際を左足でダイレクトボレー、しかもゴール右上を狙ったクロスシュート！　ＧＫも懸命に飛びつくが、ボールはゴールネット右上をきれいに揺らす。試合を実況中継していた舛方勝弘（当時日本テレビアナウンサー）が叫ぶ。
「プラティニゴール！　スーパーゴール！　ビューティフルゴール！」

店を出て三人でスタジアムに向かう。土曜日の試合の疲れを後まで残さないように、少し身体を動かしておくのだ。一説によれば、激しい運動後の軽い運動は、筋肉中の乳酸を減らして、運動によって細かく切れた筋繊維の再接続を早める効果があるらしい。また別の説によればそれは誤りで、運動後は入念なストレッチと十分な水分・栄養補給をしたあとなるべく深く長い休息を取るのがいいらしい。また違う説によれば、前に言った二説の理由づけはでたらめで、じっさい理由はよくわからないけど、運動後の軽い運動と入念なストレッチと十分な水分・栄養補給は疲れを取るのに効果的だから、四の五の言わずに、黙って休んでおけばいいらしい。

けっきょく私たち選手はどうしたらいいかよくわからないまま、その日の気分ですべきことをすべてしたり、全くしなかったり、中途半端にしたりしている。

帰り道に手ごろな大きさの壁を見つけて、思い切りボールを蹴り当てると、崩れ落ちる壁の向こう側に無観客のサッカー・スタジアムが現れる。「やっちゃん」と爺ちゃんも来ていて、フィールドの左半分では私の知らないどこか別の世界のチームが練習試合をしている。

「お（はようご）ざ（いま）ーす」と挨拶して合流する。

「おう」と爺ちゃん。

「やっちゃん」はちらっと見るだけで準備運動に戻る。私たち三人は更衣室へ向かう。

テレビや観覧席で見るだけなら、オフサイドがどういう反則なのかは知らなくてもいいけど、どうして反則なのかはできれば知っておいて欲しい。オフサイドが反則なのは、「ゲームの成り行きをまったく無視したところに立って好機を待つのは卑怯だから」だ。

着替えを終えて、私たち三人はフィールドへ戻る。着替えながら話した感じだと、智美も恵梨も反対サイドで練習試合をしているチームのことは知らないみたいだった。「やっちゃん」と爺ちゃんは向かい合ってダイレクトボレーパスを交し合っている。遊びなのか練習なのかボケてるのかは、遠くから見てもわからない。私たちの知らないどこか別の世界のチームがしている練習試合は、見ないうちに攻守が逆転していた。何度目の攻守交替かはわからない。私たち三人もいつも通りウォームアップ用に軽く身体を動かし始める。ピッチを往復するジョギングから始めて、ピッチを歩き回りながらボールを軽く蹴って受け渡したり、座り込んでストレッチをしたりしていた。なんとなくやってみたくなって、私は他の四人を集めて、プラティニのあのプレーを再現してみたい、と頼んでみた。みんな快諾してくれた。

というわけで、やってみた。

右ＣＫを爺ちゃんがヘディングでクリアする。そのボールを「やっちゃん」がヘッドで私の胸元へ送る。恵梨と智美の二人がシュートコースをふさぎに駆け寄る。ペナルティエリア内は左サイド寄りで私はボールを胸で受け、シュートを打たず、自分の頭越しに左サイドへ右足でボールを浮かす。これで恵梨と智美の二人のマークを一気に外し、改めて左足でシュート体勢に入る。ボールの落ち際を左足でダイレクトボレー、しかもゴール右上を狙ったクロスシュート！　ＧＫはいないが、ボールはゴールネット右上をきれいに揺らす。

気分が好かったので、もう一回。

右ＣＫを恵梨がヘディングでクリアする。そのボールを智美がヘッドで私の胸元へ送る。「やっちゃん」と爺ちゃんの二人がシュートコースをふさぎに駆け寄る。ペナルティエリア内は左サイド寄りで私はボールを胸で受け、シュートを打たず、自分の頭越しに左サイドへ右足でボールを浮かす。これで「やっちゃん」と爺ちゃんの二人のマークを一気に外し、改めて左足でシュート体勢に入る。ボールの落ち際を左足でダイレクトボレー、しかもゴール右上を狙ったクロスシュート！　ＧＫはいないが、ボールはゴールネット右上をきれいに揺らす。

気分が好かったので、もう一回。

右ＣＫを「やっちゃん」がヘディングでクリアする。そのボールを恵梨がヘッドで私の胸元へ送る。爺ちゃんと智美の二人がシュートコースをふさぎに駆け寄る。ペナルティエリア内は左サイド寄りで私はボールを胸で受け、シュートを打たず、自分の頭越しに左サイドへ右足でボールを浮かす。これで爺ちゃんと智美の二人のマークを一気に外し、改めて左足でシュート体勢に入る。ボールの落ち際を左足でダイレクトボレー、しかもゴール右上を狙ったクロスシュート！

ＧＫはいないが、ボールはゴールネット右上をきれいに揺らす。

清潔でとても明るい場所へ

0

これは日本語が僕で書いた景色です。

1

いかれた便器は嘘をつかない。

2

この街には１０８人の10歳が暮らしている。県営住宅を抜けると、よごれのあつまりやすい湖が見えてくる。駐輪場から消えた路上ピアノの救難捜索へ飛び立つなら、

濃厚なフレッシュと砂糖の
両方を入れるのがオススメ。

3

気象庁は1時間に80㎜以上の降水現象を
「猛烈な雨」だという。ばらつきのない、
気まぐれな私生活が、よく行き届いた
圏内にいる。ずっと昔からそうだった
可能性が高い（中程度の確信度）。

4

匿名化された経験には、

仮名化された経験には、
その原則は適用されない。
その被写体が識別されず、
もはや識別できもしないような仕方で、
どの誰でもなくなっていれば。

5

トイレットペーパーホルダー、
ウォシュレットリモコン、
タオルハンガー。

さらりとした、半過去。

6

床、壁、天井は、熱をさえぎり、音を吸い込む、燃えないもので作ろう。放出される熱気が、直にからだにふれないようにすること。空気は、低くから取り入れ、高くから逃がすように。窓を設け、温度計と湿度計を置きましょう。テレビは、いつも閉ざされた網入ガラスの奥に、ひとつだけ取りつけなさい。

6.5

（アニマTVのCM、30秒に1枚）

6.5.1

この広告は、広告主様がリーチする
ユーザーの言語を日本語、所在地を日本に
設定しているために表示されています。

6.5.2

積み上げられた香花石を、
放熱器で灼熱し、水を注ぎ込むと、
あたたかな水蒸気が立ち込める。

6.5.3

パーソナライズド広告を受け取るかどうかは広告表示の設定で選べます。受け取らない設定にしたときでも一般の広告は表示されます。

6.5.4

乾いた空気は息苦しいからと、やわらかな霧を浴びに来るのだった。

6.5.5

プライバシーを保護するために、ユーザーの情報は5,000人以上のセグメントの１人として使用されます。

6.5.6

体温は上がりやすく、血圧は下がりにくい。
指先はさほど熱くならない。

7

片側3車線区間で、反対車線は2車線だった。
駐車場、路側帯、電柱、標識、横断歩道、
中央分離帯、押しボタン式信号機があった。

8

その先はもう木が生えない。背の低い海浜植物が
散りぢりに群生して、長い地下茎を張りめぐらせる。
砂防柵が途切れた先から、砂浜へ寄せる冷たい波が
届かないところまでは、おびただしい足跡で覆われて、
貝殻と小石と木ぎれがごちゃごちゃに埋まっている。
砂地のやわらかさは、海に近づくほど失われる。

9

清潔でとても明るい場所を
清潔でとても明るい場所を
清潔でとても明るい場所を

IV

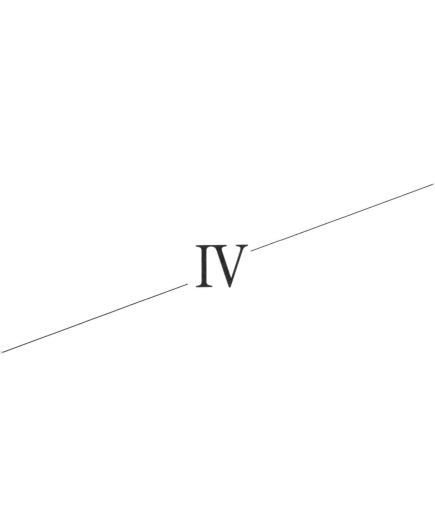

識字率と婚姻のボトルネック

Googleマップを使えば、目的の場所や行き方を、簡単に探すことができます。

——Googleマップスタートガイド

寝室で首を吊った長女の葬儀が落ちついたあと、人事異動を待ちながら、美奈子が新居を見つけられずにぐずぐずしているあいだも、高木家の日々は過ぎていった。高木家は長女の友人だった美奈子を泊め慣れているし、美奈子も泊まり慣れていて、その晩ごとに「高木家が喜ぶもの」を持って訪ねてくる。決まって母が出迎える。母は家主だから。

高木家は美奈子に夕飯をふるまった。食後にだらけていたとき、所在なかったのか、高木家の戸籍の筆頭者は、美奈子と話しているあいだ、テレビのリモコンを刀の柄のようにして振っていた。隣に座って二人のやり取りを聞いていた次女からは、姉の友人が父にしつこく斬り付けられているようにみえた。飲みかけ麦茶入りの六角柱のグラスを両手で膝のうえで握りながら、うつむいて父の話を聴く美奈子は、なんだか「傾聴」が擬人化したみたいだ。（最近なんか湯加減てあんまいわなくなったよね）と思いながら、次女は浴室へお湯をために向かった。

みんなで調べてみると、銭湯の数が日本史上最も多かったのは一九六八年（昭和43年）だった。銭湯の数はそれから先、浴室のある住宅の数に追いつかれ、追いぬかれる。「かぐや姫」が『神田川』で、若くて貧乏だったあの頃、恋人と銭湯へ行って同じ時間に出ようと約束したのに、相手が長風呂で、外で待っていたらすっかりからだが冷たくなったと歌ったのは一九七三年（昭和48年）のこと。浴槽の製造技術革新がひと段落して、出荷数が約三〇〇万台とそのピークを迎えたときだった。村上春樹『１９７３年のピンボール』の主人公が、とても寒い養鶏場の冷凍倉庫のなかで長いあいだ探し続けた愛しのピンボール・マシンに再会して、少し世間話をしてから、ありがとうとさようならを彼女に言ったあと、自宅の熱い風呂に入れたのもそのおかげだ。そして時代はユニットバスへ。一九六四年（昭和39年）の東京オリンピックをおおよその区切りとして、初めはホテル、続いて集合住宅へユニットバスが普及していき、一九八九年（平成元年）に浴槽の出荷数を追い抜く。

二〇〇三年（平成15年）の国土交通省「住宅・土地統計調査」によれば、同年の浴室保有率は95・7％で、その数四千四八三万戸。お風呂がなければ家ではないとでも言いたげな数字だ。

その頃はまだスマートフォンを持っている人が若者にも少なくて、美奈子がその手のひらサイズのコンピュータでお風呂の歴史を調べている横で、筆頭者はテレビを見ながら、家主は食後の片付けをしながら、その話を聞いていた。家主は、へぇ、と思った。若者が、自分にとってはありふれた思い出でしかないことたちを、まるで珍しいことのように検索して、読み上げて、解釈していたからだ。次女は入浴後にその話を聞かされそうになったけど、

「そういうのはいい」

取り合わずに、筆頭者を、

「風呂」

と呼んで、リビングから消えた。

湯加減は、お湯の熱さをなんとかしてほしいときに使われる言葉だ。

次女には作る予定もないし、希望もないし、そもそも相手もいないから、兄が息子をあずけに来る土曜日の夕方は、いつも二人でぎくしゃくする。ぶっちゃけ「子ども」が怖い。人見知りを社交性でべっとりコーティングしていて、日常生活でも気が張りつめているから、まだ母性のありかも知らない。

その子はパーカを袖まくりして着ていた。兄が子供服代をケチって「大きめ」を買い与えたのだった。水筒、タオル、ティッシュ、痴漢対策ブザーの入った小さな肩かけかばんを持たされて、居間の真ん中でおとなしくしている。肩かけかばんの似合わなさが「がきんちょっぽくてかわいい」けど、次女が感じるそれは「愛玩」であって「情愛」じゃない。

つまるところ「量販店で特売品を買えば数百円の支出で済むのに」と愚痴った家主に、あんなダサいの着せれないでしょと答えた次女を、兄はとがめも、けなしもしなかった。母にも妹にも気がねして、「だよねぇ」なんて、誰の言葉に答えたのかもわからなくする。

結婚して、就職して、子供作って、なんてざっくりした人生設計をだいたいで採用した兄は、休暇の取りやすい会社にも入らず、資産形成にも励まず、婚約者と自分の生涯賃金見込みも気にせずに、若さに任せて夜な夜な性交に励んだ末に、

「ごめん、父親になる」

そうして生まれた長男はもう6歳になって、仕事着姿の次女に会うたびにどぎまぎする。宝くじでも当たらないかぎり暮らしの質を保てないとわかった兄夫妻が、当たり前のように実家のふた部屋を占有するようになってから、次女は晩くまで家に帰らないようにしていた。なのに毎週土曜日に息子をあずけて、次女になつかせようとする。

意図がわからないけど、

「たしかにアホ子の『主婦、疲れたー』がいつか『母、疲れたー』を経て『もう、疲れたー』にならないか心配ではありますけどね。でもその時は、これから生まれてくる子と二人で実家に帰って、アホ子には、そうですね。数泊分の旅行か、思いっきり怠けた暮らしをさせてあげようかなと思っているんです。」

とか知り合い向けに横書きで改行多めに書いていて、素直に身内を愛せる兄が次女は羨ましい。

兄嫁の名は「菜穂子」だ。

息子が生まれるまで、妻との産後の付き合い方ばかり気にしていた兄が、三十代半ばを過ぎると、次女を「いつまでも結婚せずに仕事に打ち込む独身女性」だと見なして親しさのおすそわけをしてくる。次女はそれがいたたまれない。世間でうるさい結婚のあれこれなんて気にもならなかったのに。残業が増えて、好きに使える時間が減っただけで、昇進後の仕事量も物足りない、もっともっと公私両面で、生き地獄のようにごたごたが山積してくれないかと願っていたのに。

次女がそう思うようになったのは、幼年期に祖父の葬送に立ち会ってからだと美奈子は聞かされた。はっきり覚えているのは、棺に入った遺骸の白い肌と、それよりも白い白装束の白さだけで、他の細部は大人になるまでにふれるいくつもの「劇的なドラマ」とごっちゃになっていたのだけど、その時、次女は確信したのだ、と言った。神託のようなものだった。修学旅行の夜とか、処女をちゃんと捨てれた日、夜明けまで続いた飲み会のしらけ時に、親しい人に話すと、いつも少しちがった言い方になってしまうんだけど、

「もう死ななきゃいけないんだと思ったんですよ」

どの文脈でどの言葉を選んでも、その時の「感じ」は言い表せなかった。再現性の低いバグみたいなものだから、放置したほうが低コストで生きられると踏んでそれきりにしたら、それが功を奏して、その「感じ」は次女が受験や失恋、就活や昇進試験を乗り切る発奮剤になってくれた。

「ちゃんとみんなすっかり死ねるのだと祖父が言ってくれた気がした、というのは言いすぎなんですけど、『人生を変えるエピソード』に若くしてふれられた『強み』が祖父の死で得られたというか、死骸の『老朽感』が私自身の『成長』を加速させたというか」

だからかわいい寝顔の子供を見ると、次女は、つい、祖父の死相をだぶらせる。安上がりな髪型と服装のその子に、金にものを言わせて分不相応なものを食べさせる。もちろん息子は感激だ。ふだん与えられるほうを粗食だと思い始める。性欲なんて知りもしないから、感情の揺れと食欲の高まりと睡魔の出入りさえ気にしてやればすぐに手なずけられた。悪意にせよ、好意にせよ、親以外の他人から差し出されるものの受け取り方を、その子はまだ学んでいないのだった。兄夫婦は妹の金払いの良さを心配して、次女はそれに気づかないふりをした。次女が兄の息子に見ていたのは、自分とは無関係に繰り広げられる生と死のいちゃつきと、それなりに操れてしまう他人の心と、そろそろ底が見えた自分の若さだった。

兄の息子が近よっても、次女の目には、その小ぶりなからだつきが年相応なのかわからない。進学前にくらべるとだいぶよそよそしい。それでも親密になりたい気持ちが隠せないらしい。座椅子にもたれた次女が伸ばした両脚をまたいで立って、夕方の居間で「南アフリカW杯」の速報を見ている。股間を蹴り上げるのにうってつけの距離で、いやらしいことを考えそうになる自分は不健全だと自分に言い聞かせながら次女は、

「座ったら？」

脚が重くなった。

「脚、動かしていい？」

脚が軽くなった。

兄の息子がしている体育座りの尻と両足のあいだには次女の右脚がある。次女が脚をうんと持ち上げると、あっけなく倒れて、寝転がりながら、見逃した場面を悔やむ。次女のことは「ふうに好き」だけど、年上は「怖い」から、兄の息子は反抗できない。次女のいたずらも自分の無力も「むかつく」から、広げた次女の脚のあいだに崩したあぐら座りをして、目線はテレビに向けたまま、隙を見計らって、次女の長い脚をけたぐりするのに、痛がってすらくれない。兄の息子ががんばって、見た目の悪口を言ったり、身ぶりをひやかしたり、本人に直しづらい癖を侮辱的に真似したり、大切なものを貶しているのに、へらへら笑っておちょくってくる。兄の息子の攻撃の盲点を言い、防御の不備を突き、無知をからかう。

それで泣きそうになっていると、兄が帰ってくる。駆け寄った息子を抱き上げて、降ろすと、社交辞令もそこそこに、「使ってる？」

「外だと恥ずかしくてまだ使えないかなー」と次女。「でかいし」

息子はテレビの前に戻る。兄はスーツのまま、買い物袋を右手に提げてキッチンへ歩く。その布袋は大衆向け通信教育企業が、たくさん勉強した息子へご褒美にくれたものだ。その会社はいつも息子の「こくご」と「さんすう」の面倒をみてくれていて、この時から四年後に、兄の息子の個人情報を誤って社外に漏らしてしまう。

「え？」と答えた兄は、既存の携帯電話会社の料金プランに安さと目新しさで勝負を挑んでいる会社の、中央の、中のほうで働いてきたところだ。下の、端っこのほうの人はまだ、全国各地の駅前や大通り沿いで、こぎれいな服と笑顔で働いている。兄は「受験」と「就活」をがんばったから、夕方、息子にチョコレートを買い与えられる。

「別にギークじゃないし、新製品でどや顔する勇気ない……」

と答えた妹が「おたく」といわなかったのは、すでに大衆化して無害化した「オタク」という用法を避けたかったからで、通信帯域や通話品質にやたらと詳しい兄への気づかいでもあって、息子になるべく俗語を覚えさせたくなかったからだった。少なくとも兄はそう受け取った。

兄は言葉の雅／俗にはこだわらないから、ネクタイをゆるめながら、冷蔵庫へ向かって、

「ガラケーでまにあっちゃうし誰得感はあるよな」とつぶやく。

兄は、狭い市場で目の肥えた客を奪い合うために多機能・多装飾・多用途化を競ってきたせい

で、世界中のどこよりも速く「もはや携帯電話ではない」に到達したのに、「外交」を欠いて海外であまり売れなかった日本の携帯電話なら、一般人が仕事や遊びで使うには困らないし、製品の「美しさ」を評価してお金を払う人なんて多くないから、盛んに広告された大小の新型機器はいつでも・どこでも・誰にでも楽しめる商品なのだけど、それは裏を返せばいつの・どこの・誰にとっても「別になくてもかまわないもの」かもしれないと、手短に言おうとしたのだ。

「でもやっとここまで来られたわけでね」

と口ごもる兄は、「もはや携帯電話ではない」がこれからもっと速くて便利になりながら、世界中でばら撒かれるようになると見通していた。それでもなぜだか自分を信じ切れないのは、用途を絞った格安のものもよく手に取られていたからだ。そもそも「電話」すら手に入らない地域で、「もはや携帯電話ではない」なんて夢の話だった。兄の立場だとその先は空想しかできない。

「今日はどこ行ってたの?」と次女。

その日はまだ「平成」だった。とはいえ、どこまでも続く広い世界で、敵に襲われても立ち向かえるように重たく身構え、武装しながら、探し物や新天地の開拓、助け合いをする時代は終わりつつあった。ひと握りの勝者たちが支配する閉じた広間で、雑談と社交とこづかい稼ぎをする時代も次が見え始めていた。オープンだったはずのWorld Wide Webは、共有された秘密の個室、図書館のように静かなフラット、ほとんど扉を開けられない倉庫、暇つぶしたちで大混雑する広場、誰も立ち寄らない廃墟に分岐していた。

「ディズニーシー。主婦は自由でいいよね」

かつてその「場」でものを書くための言葉さえ広まっていなかった頃、ぶあつい紙の辞書とボロボロの邦訳書、やっと手に入った原書を行ったり来たりして、兄よりも年長の世代はそこに居場所をつくる言葉づかいを覚えたのだった。そこはまだ狭く、ちょっとした言葉を節約するだけでもひと苦労だった。伝わりやすく、使いやすい書き方を編み出すと、それがどれだけちっぽけでも感謝された。誰が誰の仕事を認めているのかすぐに察しがついた。引用や模倣の手つきがその証だった。どの言葉がどの言葉の親子なのか、そこにいる人たちには察しがついていた。

「楽しんでた？」

その場で言うのは野暮だから、仲間うちでこっそり驚いたり妬んだりするだけで、黙っていた。お節介なのか、かまってほしいのか、いつも誰かの悪口を言ったり、ひやかしたり、口喧嘩していた。実在が疑われる人だらけだった。

「そりゃ、もちろん」

不安定で、不鮮明で、不健全で、不具合の多い環境で、隠語、略語、造語、業界語が砂嵐みたいに吹き荒れて、とにかく誰かと話がしたいのに、できれば誰とも話したくなかった。名前も経歴も考え方もちがったけど、そんなことはどうでもよかった。そういう人が、そして、そんな話をしている。それだけだった。それでよかった。

「そうなんだ〜」

だから兄はいまや仕事にしか能のない妹がうらやましいし、息子が最先端技術の結集体をおもちゃにするのを素直に喜べない。あんなに頑張っていたのに、その苦労はどこへ消えてしまったんだろう、尊敬する先輩たちが目指してたのは、こんなものを作ることだったのか、なんて思えて。

「あとで写真みせるよ」

テレビに飽きた息子は次女のiPadをいじり始めた。兄が息子くらいの歳の頃にとても人気があったシューティングゲームを始めて、飽きた。ニンテンドー3DSの電源を入れて、次女が息子くらいの歳にとても人気があったRPGの最新作を始めて、飽きた。PlayStation Vitaの電源を入れて、息子の四歳年上の男の子が田舎で夏休みを自由に過ごすゲームを始めて、飽きた。ふだんは、独楽をまわしたり、棒を振りまわしたり、小さい車を遠隔操作したり、珍しい手札を集めたり、点数稼ぎに打ち込んだり、何かを組み立てたり、積み上げたり、録り溜めたり、再生したり、弾き語ったり、踊ったり、転げまわったり、走りまわったりして遊んでいる。『妖怪ウォッチ』の発売は三年先だ。

「お酒は？」上座に腰をおろした兄に訊ねると、慌てて嫂《あによめ》にメールする。

――おさけわすれてた

――はい

――たのんだ

――つまみよろ

――なに系?

「なんでもいいよぉ」

玄関から声がした。携帯電話が国民に広く普及したからだ。確かめに行った息子が、帰って来た嫂から受け取った買い物ぶくろを持って戻ってきた。危なっかしい。次女が引き取る。

――よろ

兄が返信して、

――うい

しばらくすると、嫂がお酒を買ってきたときにはもう、居間の中央にホットプレートの載った座卓が支度されていた。切り終えた野菜と肉が器に盛られている。手渡されたビニル袋のなかをのぞいて、

「これだけ?」と兄。

「だってなかったんだもん」

キッチンで声を上げながら、嫂は座卓に6オンスタンブラーを持ってくる。

「なかったの？」兄が開栓すると、

「なかったよ」嫂はタンブラーを四つ並べる。

「なかったか」と言って兄は二つに注ぐ。

次女と息子には何がなかったのかわからない。息子に呼ばれて、美奈子が長女の寝室から出て来た。高木家は美奈子に夕飯をふるまった。次女は兄の妻子を嫂と甥だと紹介した。嫂は「あによめ」という言葉を知らなかった。母が驚いた。テレビを見ながらするものだから、いつのどれになぜ驚いたのか、初め、四人にはわからなかった。美奈子はテーブルに肘をついて携帯電話をいじっている。そこには「お茶漬けが好きだったり、弾き語りにぐっと来たり、ブルーノ・ムナーリを尊敬してたり、石垣りんが好きだったり。ぼくは簡素なのが好きなのかもしれないな」と書かれていて、その応答として美奈子は「おっさんですね」と書き込む。書き手は中学時代からの友人で、そこがどこかは言えない。次女の隣で息子が四代目の「伝説のポケモン」を育てている。その向かいで兄が母の皿に肉を盛っていると、

「あー西山さんまた死ぬとかいってるわ」と美奈子が手元に向かってつぶやくから、次女も自分の携帯電話を取り出して「死ぬとかいってる」現場を見に行くと、たしかに言っていた。みんなから慰められていた。美奈子は西山が中学時代に英語検定を受けたとき、会話テストの試験官か

ら訊かれたどの質問にも「Yes, I'm lonely.」としか答えなかったと話した。

兄と次女が笑った。息子と母はきょとんとした。テレビは黙らない。兄は男子中学生が持て余した自意識を愚かに処理した恥ずかしい事例だと受け止めた。次女は心に冷たい風が吹いて体ががらんどうになってしまうあの感覚を日常的に「死にたい」と言い表していた世代の残念な失態だととらえた。テレビは四角い。ホットプレートは丸い。携帯電話は硬い。野菜は火が通りにくい。

母がまだおばさんと呼ばれたことのなかった頃は、「心に冷たい（中略）あの感覚」をカジュアルに言い表せる言葉は普及していなかった。それを日本語環境で絵や字、映像を用いて再現できる人たちには秘やかな尊敬が集められていた「らしい」から、母にとって美奈子たちの用法は忌むべき禁句の濫用だった。「らしい」というのは、短大卒で社内結婚してテレビと旦那と三人で新婚生活を過ごした母には、流行の端の切れはししか手に入らなかったからだ。どこから仕入れたのか、いつも新しいものごとを見つけてくる敏感な人たちは、なんとなくキラキラしていた。テレビも雑誌も新聞もそうだと母に伝えていた。

玄関のドアが開くと、廊下を伝う足音がして、

「ただいま」

「おかえり」

「おかえりなさい」

「おかえりなさい」

「おかえりなさい」

早く帰りすぎたかな、と苦笑いしながら父が自室へ引っ込むと、夕食が再開される。脱いだ上着をかけたハンガーをカーテンレールに吊って（独身時代の癖がまだ直らない）、ゆるめてほどいたネクタイを右手に提げて、第一ボタンをはずしている初老の男が何も言わなくても、母は台所に立って冷蔵庫を開け、取り置き分のおかずがなくなっていないか確かめる。ジンジャーエールと安物の赤ワインと8オンスタンブラー（氷がたっぷり）をお盆に載せて、食卓からいなくなる。

息子たちが食事を終えたころ、ほろ酔いになった父は食卓へやってきて、母の名前を敬称で呼ぶ。居間から戻った母が冷蔵庫から具材を出して並べていると、

「自分でやればいいのに」と子供たちはいう。

「だってこの家のお父さんじゃない」

「そうやって甘やかすからいけないいんだよ」

けっきょくは「お客さん」でしかない美奈子に母の口癖は理解できないし、次女にはうるさく聞こえる。兄は家父長ではないけど父ではあるから、他人事として聞き流せない。

妻の選び方や子供の躾け方を振り返ると、兄は自分が父から少なくない影響を受けていると思

えた。結婚を考え始める頃には、まだ十七歳だった頃のように、先行世代の影響を消そうとする努力もやめた。考え抜いて答えを出したとか、抗いの果てに勝ち取ったというわけではなくて、心配ごとが増えるうちに——結婚、貯金、出世、健康——いつのまにか忘れてしまった。兄は「家族」が贅沢品だと信じている。維持・管理にどこまでも手間・暇がかかる、一点物の非売品。「妻」や「子供」もそうだ。働きざかりだから、死が怖くなるのも、事故・急病への怯えとちがって実体がない。父の思いを兄は知ろうとしない。それはもう分かりきっていたから。父は「家族」の維持を望んでいた。それは「なわばり」を守るためではなく、自分が「生きた証」を残したくて、できれば手元に置いておきたかったからだ。だからこそ兄の自立と挙式と帰郷を喜んだし、家に兄たちを住まわせることも嫌がらなかった。母にも押しつけがましいことを言わなくなった。

そうして黙りがちになって、病気でもないのに、働きも遊びもしないで、働きざかりだった頃、自分で自分に借金して買い与えた部屋から出てこなくなった。やさしい日本語のロックを聴きながら、非実在の「子どもたち」に宛てた遺書を下書きしているようだ。そのあいだも母は子孫の世話を焼く。兄が連れてきた家族は部屋を着せかえ、家庭内の暗黙のきまりを書きかえ、家のすみずみに詳しくなる。父は、何もできない。昔話をするか、若者に理解のある顔をするか、趣味に閉じこもるか。それとも祖先たちの、というと仰々しく聞こえてしまうから、共同墓地の一角に眠る遺骨たちの、といっても仰々しいので、親の親の親の親たちの、というのもくどいか。なんて呼べばいいのかね。尊敬しないでもなく、まったく無視できるとも思わない、恩恵がないと言えば嘘になるし、押しつけられた遺物でもある、あの、あるのかないのかよくわからない、結ばれているのかも不確かなつながりを。

「にゅくにゅく」でいいか。

「にゅくにゅく」は、冠婚葬祭のときに生まれ、日々の暮らしに顔を出し、気づけばそこにいる、その、そいつだ。

父は「にゅくにゅく」を知らずしらず守ろうとしていて、そのために父自身が限りなく透明に近づきつつある。兄はいつのまにか自分で自分をそこに組み込もうとする自分に気づいて戸惑う。次女はそれが肌にまとわりつくのが嫌で、いまや母は「にゅくにゅく」の化身だ。だから美奈子がその温かさに惹かれて高木家に招かれたとき、長女は寝室で首を吊っていた。そんな家族が食卓を囲むのを眺めながら、「にゅくにゅく」は不敵な笑みを浮かべる。

みんなの笑顔が大好きなのだ。

オキナワ医療観光公社

ポール・マッカートニーが16歳で「When I'm Sixty-Four」を書いてから100年の歳月が過ぎたとき、私たちの愛すべき大城家の人びとはきっと、当家の血を継ぐ最後の父親が子守の息抜きにこの楽曲を口ずさんでいた昔なつかしい夕暮れを、誰ひとりとして思い出せなくなるのだろう。大城家の次女は台湾が独立国家としての実質を失ったあとに生まれた。だからそれなりに年をとるまで、国境を感じさせない観光政策を友好の証だと信じていた。

私たちは無理もないと思う。なにしろ彼女が小学校へ入った年に更改された日中貿易協定のおかげで、本島から台湾、大陸まで観光ビザだけで半年以上の長期滞在ができるようになったのだし、東アジア圏内のインターネットなら、ヨーロッパ由来の表現フィルタリングもなくて快適だから。人権を知らない世代。ポスト・ニュー・ノーマル・ベイビーズ。

最後の父親が作業着に袖を通していると、「スーツ着た？」

次女のソウルメイトの息子が話しかけてきて、「見える？」

聞き返すと、

「映像オフだよ。起きたら起動するの忘れてるでしょ」

初老らしくうやむやに詫びながら、左手の人差し指にはめた指輪の指紋読取部分をなぞると、めがねへ投影されたビジョンに息子の顔は見えなくて、代わりに地平線まで広がる海。

「見える？」

今度は問われて、

「海？」

聞き返すと、

「もうすぐ着きまーす」

別のチャンネルから声がする。そちらの表示を許諾すると、息子の横顔のビジョンが現れて、ソウルメイトは次女の居場所を父親に尋ねた。

昨夜から接続が切れたまま、テキストメッセージしかつながらないという。


「忙しいんじゃないかな。今日から三泊四日でしょ？」

「スケジュールには家事も仕事も入ってなかったんですよね」

「同期したくない日もあるさ」


ふたりが婚姻にまつわるパーソナルデータを商用広告ネットワークに開示してからというもの、コンテンツ推薦エージェントが機微な質問を遠回しに投げかけてくるようになって、好き放題に回答していたら、最適解に辿りつけずに業を煮やしたアルゴリズムが予防医療メディカルツアーを提案。それをソウルメイトが気に入って、ふたりの戸籍上のパートナーを連れて、琉球病院に最寄りの大城家まで訪ねてくるのだった。

「何時くらいに着く？」

最後の父親が呼ぶと、

「スケジュール見てよ」

次女はすぐに答えて、さっきまで息子へのプレゼントを作っていたと言った。

どこにいても・誰とでも会える時代だし、入院治療にありつくまでひとかどの苦言家になれるほどの日数を自己診療キットと市販薬で様子見させてくる国家だから、セルフサービスな健診メニューのほとんどは自宅でも出来る。

だけど専門家の対面診療は臨床所見をエコロジーかつエコノミーに疑い症例へ結びつけてくれるし、入院中は自己への配慮に手間をかけなくていい。自己診療キットでエラー表示が出るたびにFAQコミュニティで検索クエリを投げなくても、うたた寝しているうちに、遺伝情報から10年後有病リスクのある疾病群の探索まで済ませてくれて、すべてが終わればレシピ選択すら要らないじぶんだけのコース料理が待っている。ノン・ギルティ・フード、からだにやさしいごはん、おいしい生活。

「お姉ちゃんは？」

「居間にいるよ」

ペン型デバイスで自己採血する気分になれない年齢になった次女だ。冷却郵送すれば数日で検査結果が本名アバターのストレージに届くのに。それもあって「アニバーサリー・ワクチンツアー」という名前が参加申込の決め手になった。「30歳になると受診可能な検査メニューや、女性に多い疾患のワクチンをまとめて安全に接種できます」

琉球病院が人気なのは、キャンプ・ハンセン返還跡地に医療資源の集積が進んだからでもある。感染蔓延以後の生活様式は離島や僻地に残っているけれど、原則として医療リスクの低い45歳以下だけが都市圏外の居住を「弱く推奨」されている。しつこい本人同意を経てその土地に残った「昭和生まれ」は「先住民」と呼ばれて、プレ・インターネット期を知る世代として敬われ、疎まれている。

30年の歳月は、コンピュータの入力-処理-出力機能をやんわりと分解した。腕時計型デバイスはもう高齢者しかつけていない。指輪型の入力デバイスが贈答用にも重宝されて、人々は身だしなみ品に語りかけるようになった。身ぶり・手ぶりでも入力はできる。所定の動作パターンを行ったら、音声命令か指紋認証で「遠く」のリアリティを「近く」に呼び出せる。ノスタルジアを込めて「忍術」とも「魔法」とも呼ばれる操作法。

「夕飯どうする？」

「もう発注したから大丈夫」

「その通知は届いてるけど、食器は増刷したほうがいいかな」

「別に適当でいいよ。素材がもったいないし。あ、私のお箸ある？」


21世紀も半ばを過ぎると、国連の予想通りに地球人口は減り始めた。日本では団塊世代の99・9％が死滅して、人口分布の歪みはだいぶなめらかになった。

青年時代にブルシットジョブ比率の高い仕事に没頭してきた最後の父親の肉体年齢は、着実に衰えている。同世代はレイターワーク期のキャリアプランを調べ始めていて、働きながら言語能力と身体機能を維持できる「手仕事系」の職種が人気だ。作業風景の記録を質素倹約のテイストで味つけすると、大陸の若者たちが珍しがって、それなりの品質でも買い手がつく。「老い」の娯楽化が進んだとも言える。


「みんなの箸が足りないかも。作ろうか」

「すぐ実現したがるのよくないよ」

次女もソウルメイトもＶＲネイティブで、片方のパートナーは拡張空間内のモビリティマネジメント企業で働く。もうひとりは物理エンジンと操作者のイメージを調和させるチューニング製品の宣伝部門で、デマンドサイドのペルソナ成長モデルが不確実性に耐えるためのストレステストシナリオ構築に用いる環境調査計画の設計主任だ。どちらも本名アカウントは大猿のアバターだから、最後の父親にはまだ見分けがつかない。

彼の青年期はインターネットが「別世界」でいられたかりそめのひと時で、人格の表現を「表と裏」「右と左」「上と下」といった空間の比喩で語れるくらいにはシンプルな価値観で生きられた。日常と地続きになった拡張空間は、もはや家事・仕事・育児のメインフィールドになって、同時接続過密時間帯には、ワークフロー設計とその自動化とその相互干渉で生じる複数エージェント間のトラブルシューティングで賑わう。

「あっ」

「何？」

「掃除機の巡回ルート直すの忘れてた。ちょっと落ちます」

若年層の子持ち・異性婚の税制優遇がばかにできない水準に達してから、そのセグメントの特権化に抗議しつつも、オーセンティックな家族制度に折り合いをつけるべく、「そうではないジェンダーシップの連帯」の証として、1世帯を1組の夫婦でつくるのではなく、2世帯を4人のメンバーで立ち上げるファミリー・タイプがちょっと流行ったのだった。

本人のジェンダーがどうであれ、ソウルメイトとは別に、生計を一にするパートナーをひとり選んで入籍する。4人は生活必需品を共有しながら諸経費を共同負担する。それで1人あたりの税負担と家計支出を下げ、金融資産のリスクを分け合う。

貧しい2人で2児を育てるより、裕福ではない4人で4子を育てるほうが、家庭内暴力や単独育児の発生率は下がり、日本人口の減少ペース遅延にも寄与しそうだとの推計もあって、世論も消極的に許容する立場が多数を占めるようになった。起源はスタートアップのソーシャル・ハック。厚生省は私的互助の一解釈だと黙認している。勤労世帯という概念をいくら押し広げても、敬老思想に基づく社会保障システムを維持できなかった負い目もある。

健康寿命の伸びは世帯所得にはっきり相関する。団塊ジュニア世代の平均余命は、その親世代より5歳から10歳短く、年収別でみると最大25年の差があるという。最後の父親は震災世代で、先行世代の無策と棄民を痛感しながら老いて枯れた。保守的な市町村の出身者でさえ、妊娠と出産が性別役割分業を発動するトリガーだと疑うようになった。それが時代の気分だったと主要な歴史編纂モデルの多くが結論している。

「病室はみんな同じ部屋？」

「えっ、４人とも個室だよ。当たり前でしょ」

生活能力に支障がないメディカルツアーの参加者は、在宅検査キット、その使用法のチュートリアル、事前問診チェックリストをひと通りクリアすると――たいていの受診者は出立日までに終えられずに往路の機内で大慌てでこなすのだけど――公証指紋と患者情報がひも付けられて、受付で長蛇の列に並ばずに済む。

訪問前に、受診者は有病リスクだけを知らされる。来院動機を高めるために。診断結果の通知は医師が行う。複数の機械診療が一致した診断を下していても、肉声で聞いたほうが安心できるし、診断アルゴリズム開発メーカーが免責に有利な法改正のロビイングに成功したからでもある。

軽症だと結論しやすい急患は、応急キットが医薬品集中管理プラットフォームから当日配送される。それか介助者が近隣の常備薬ボックスに駆け込んで初動対応モードを起動し、音声案内に沿って措置を試みる。救急車が到着するまでの致死率を下げるふれ込みで導入されたその仕組みは、基礎疾患保有者のゆるい集住がいくらか進んだおかげもあって、組み合わせ爆発リスクを行政主導で引き下げた事例として高く評価された。

「なんで沖縄にしたの？」
「都内で入院すると高くつくし。抽選も全然当たらなくて」
「予約は担当医の仕事じゃないの？」
「追加料金かかるんだもん」

次女の直近3年の健診結果は良好で、メディカルツアーに参加しても平凡なデータしか得られそうにない。医療空間のＮＰＣから健康予報を受けてはどうかと案内されて、その気になったのはソウルメイトのほうだという。

「若いうちに複数のライフシナリオを知っておくと、可能性が狭まってからの抵抗感がやわらぎますよ」

ふたりの息子は移民総合支援センターから引き取ったもらい子で、どちらのパートナーとも血縁がない。次女はどんな手法にせよ出産するつもりがなくて、ソウルメイトはじぶんが母体として次の／初めての子供を出産できる可能性を知りたがった。本当に産むかはふたりで決めることだけど、その決断をいつまでにすべきか相談する材料が欲しいと次女にねだった。

健康予報をオーダーすると、ふだん使いのアバターとは別に、心身の表現力をより高めた、ボディ・コンシャスなサブアカウントを開設できる。パーソナルデータの自動送信と機械的な処理に同意するだけで――いくつかの機微情報は自己入力が必要だけれど、たとえば性生活とか――、直近3ヵ月の生活記録が保存され、それをもとにデフォルトの身体モデルがオーダーメイドでつくれる。さらに性別、年代、病歴、出産歴、食事や睡眠時間、運動量、就業中のストレスまで、メジャーな病因になる条件を操作して検証できる。初期設定と禁止事項をセットアップしたあとは、自力で育ててもいいし、複数の第三者に育成を任せてもいい。セーブデータは3スロット分まで無料で保存できる。

代理育成者は「育て屋さん」と呼ばれ、「経験値」の獲得や「個体」の厳選をしてくれる。得意とするライフシナリオが育て屋ごとにあって、身体の悩みはセクシュアリティの近いひとに頼んだほうが満足行く予報がもらえる。精神の悩みは、ジェンダーもパーソナリティも遠いひとのほうが、かえって納得感のある予報になる。シナリオ分岐パターンは追加モジュールとして販売されてもいる。健康で文化的な最高水準の生活は、最適化されすぎてすぐに飽きられるから。とりわけ食生活をめぐる細やかな嗜好は、どの言語圏にもこだわり派がいるのだ。

「ただいま」と聞こえたから、長女は指輪をつけたほうの手で鍵を開ける仕草をして、「玄関のドア、開いて」詠唱成功の効果音が鳴ると、ほどなく次女が居間に入ってきた。

「息子くんは？」

「トイレ」

「ひとりで大丈夫？」

「たぶんうちと同じ機能だから」

子供向けのチェックリストは、自宅のトイレを応援モードにすると、看護師や保険相談師が作成してくれる。不安がらないように、ほどよく美化されたアバターが表示されることもあって、子育て世代の間では俗に「天使様にお祈りする」と称される。堕天使系や小悪魔系の先生が人気だ。

処方薬はカスタムオーダーもできる。語彙欲の旺盛な子供は薬効成分や医薬品名をそれなりに覚えてしまう。危険な副反応のありうる組み合わせは「failure」と表示され、安全な選択だけが「complete」できる仕組みだから、音声入力で天使様に願いごとを投げる姿はまるで魔法みたいで、魔女めいた口調でしつける親もいる。

「お腹痛い」

「呪文唱えた？　ちゃんとしなきゃだめでしょ。怖い病気かもしれないんだから」

「やだ〜」

「どっちがいや？　呪文唱えるのと、怖い病気と」

「や〜」

入力者がだれであれ、未成年の発注確定は保護者の同意が必須だ。親が「調剤」ボタンを押すと、梱包量に応じてモルモット型の小型貨物車か、プロペラ式・スパイダー型の無人小型飛行機に乗せて届けられる。資源コストが高く、電力消費もそれなりなので、追加料金をきらって、たいていは割り当てられた集配日に個々人が受けとりに行くか、地域の管財人が巡回配送する。

ふたりが退院するまで、息子は祖父母と留守番するつもりだ。最後の父親もそのつもりで、パワードスーツ内蔵の作業着に着替えたのだった。ケガしにくいうえ、全盛期の気分ではしゃげてたのしい。没入度の高い複合体感施設でふたりが遊ぶつもりなのは、3次元弾幕シューティング、動物化モードが選べるFPS、火星を開拓できる箱庭型パズル。夜間しか予約がとれなくて、「夜更かしさせないでよ」と次女に釘を刺される。

2058年9月16日の沖縄だ。施政権は日本国がまだ保っているけれど、米軍基地はあちこちに「戦略的分散」をくり返してきたから、離島の自然保護区でさえモーションセンサーを首につけた獣たちが暮らしている。

対外輸出入は中国向けが突出して、本島の観光エリアは内地の高齢者と大陸出身の若者だらけ。

歴代知事がデータ産業の誘致とグリーンツーリズムの振興に加えて、健診・検診分野の医療観光に投資する政策決定を続けていなければ、軍の緊急通貨が廃止されたときのように、孤島の炭鉱が閉鎖されたときのように、石油資本が引き揚げたときのように、外交的地位を保ちづらい産業構造になっていたかもしれない。


「痛くない?」

「痛くないよ」

「本当に?」

「嘘じゃないよ」

つづかない組織はどうすれば歌えるのか

すぐ売れた言語、出世しないおじさん

Python（一九九一－）は僕より年下なのに、世界中から大人気だ。シンプルで使いやすい高水準言語で、標準ライブラリも多く、データ分析と機械学習によく使われる。二〇二〇年には日本でも資格試験や教科書に取り上げられた。

『新古今和歌集』が（一二〇一年に発注、一二〇五に一次納品、一二一六年に最終更新され、名実ともに）完成したとき、藤原定家（一一六二－一二四一）は五十五歳だった。父親の藤原俊成（一一一四－一二〇四）も出世は遅い。稼業の成功と芸術家としての最盛期はえてして重ならない。とはいえ上下関係に厳しい慣習のなかで、就任してからプロダクトマネージャーになるまで何十年もかかるなんて！院政期の著名な詩人たちは、一九七〇年代・日本の大企業みたいなキャリアプランのなかで生きたのか。

技術標準が欲しくなるとき

『六条藤家歌学書の生成と伝統』（梅田径、二〇一九、勉誠出版）（以下、

本書といいます）がメインキャラクターのひとりに起用した藤原清輔（一一〇四－一一七七）も、いまでいえば「若いころは出世に恵まれなかった作家・編集者・文芸批評家」だった。プレイヤーよりマネージャーとしての業績が後世に語られやすい。「紙」というハードウェアで、「筆」というコントローラを使い、「手書き」という開発手法で、「歌学」というサポートツールを整備し、先行する「勅撰集」というデータベースを用いて、「歌集」という情報システムを築く。その公共事業の業務効率化を担った、と言えるか。

院政期には「歌学書・歌論書があいついで著作された」という（出典：国文学研究資料館「書物で見る日本古典文学史」）。通説から察するに、「その国の権威」が主導して「歌壇」を立ち上げ、「品評会」や「議論の場」が定期開催されるうち、「派閥競争」や「出世争い」が生まれ、より多くの技術者志望に「専門用語」や「営業秘密」を教えるために、初心者向けの「教育・研修」が求められた。組織開発と標準化を進めたい時期だったのだろう。

『古今和歌集』の成立を、のちに二十シリーズ続く文化事業「勅撰和歌集」のシードラウンドだと見立てるなら、清輔が主導した『続詞花和歌集』（一一六五）の制作は、遅咲きのアーリーステージに運悪くリリースされなかった新企画だ。じっさい摂関期と比べたとき、院政期は「『和歌の師』の制度化」が起きたと梅田はいう。そして「それは院政という、卑位の者でも貴顕に芸能によって接近し恩賞を得ることができるようになった政治形態と切り離せない」。

「工夫」の流通経路

清輔はその最初期を生きた。二十歳過ぎから四十歳になるまで、彼は歌学書『奥義抄』（起草は一一二四、初稿は一一三五－一一四四、献上は一一五〇）を書きつづけた。昇進はなかなか進まなかった（上司でもあった父親との不仲説もある）。文化事業に熱心だった上皇の主催したアンソロジー『久安百首』（一一五〇）の編集チームに加わったのは、四十七歳のとき。これは二〇二〇年・日本の平均年齢とほぼ等しい（出典：国立社会保障・人口問題研究所「日本の将来推計人口」）。

一一五八年に起きた軍事対立による政権交代のあと、清輔はやっと有名になったと諸説は言う。『和歌一字抄』（成立下限一一五四）『袋草紙』（一一五七―一一五九）を世に問い、『続詞花和歌集』（一一六五）を仕上げたとき、彼は六十二歳になっていた。この歌集は勅撰集にならなかった。「選ばれたものを認める」権威が失脚したからだ。その後に手がけた『和歌現在書目録』（一一六八）『和歌初学抄』（一一六九）は、七十四歳で死んだ彼にとってのレイターワークだったろう。

うす暗い青年期が終わり、輝かしい老年期を過ごしながら、清輔は何を企み、狙い、試みたのか。『六条藤家歌学書の生成と伝統』は、第一部から第二部にかけて、その仕事風景を探ろうと試みた。書写で伝播した諸本（配信者による複製物）の源流を突き止めるのではなく、諸本（完コピを目指す二次創作）に、ときには独断で付け足されたメタデータ設計の「こだわり」を点検する。不届きなノイズでも、あるまじきエラーでもなく、細かすぎて伝わらない工夫の現れだとみる。

夢と挫折のメタデータ

この分厚い一冊が（残念ながら、いまはまだ）風変わりなのは、「原態」ではなく「動態」に、「本文」ではなく「書式」に、「表現内容」ではなく「情報構造」に、「文章」ではなく「文章術」に、「制作」ではなく「批評」に、「コンテンツ」ではなく「キャラクター」に、「データ分析」ではなく「メタデータ設計」に着目したところにある。

ひと言でメタデータ設計といっても、その用法は幅広い。（イ）著作の「書誌」でもあれば、（ロ）データセットに直書きされる「付帯情報」でもあり、（ハ）コンテンツの表示形式を定める「構造の指定」でもある。たとえば、字下げや行空けといった書字のレイアウトから、注釈や解題といったコメント、著者を匿名化するためのポリシー、地名や職名のコロケーション、類標・列挙によるタグ付け、目次構成によるカテゴリー分類、検索性の向上まで。

本文のテキスト「じゃないほう」には、マニュアルな通信手段しかなかった時代の、「生産、流通から享受（あるいは保存や保管）

に至るまでの、一連の長大なプロセス」（本書より）が組み込まれている。それをひもとけば、複合的な連続事業体が、その大規模なネットワークをいかにして築きあげたか。その足跡が辿れる。
言語操作技術者の夢と挫折が詰まった、不可視の空間。本書は、清輔が書き残した多様なメタデータから、その設計思想のかけらを拾い上げる。本書の語り手が、失われた標準規格への「意識の芽生え」を復元するにつれ、読者の頭には、ひとつの知識体系がじっくりと育っていく。

凍えそうな構造の底で

やがて、奇妙な感覚がやってくる。凍える吹雪のなかで、薄氷を踏むように、海面に点在する氷山から氷山へと飛び移っていたら、じぶんの足元の、ほの昏い水底の奥深くに、数えきれないほどの死が埋まっているのが見えた時のような。ごく大ざっぱに書き出すと、本書はこんな風に、五つの層から成る。深い構造を持つと言っていい。

⓪最終読者である「僕」

①先行する読者たちの理解（現時点で最新の）

（1）諸本のメタデータ設計の「読み」

（2）先行研究による「読み」

（3）編纂、印刷、製本された文献

（4）翻刻された活字またはデジタル化された書字

（5）諸本または原本の画像

②複製された諸本

（1）書誌

（2）構造指定

（3）付帯情報

（4）本文

（5）根底にある価値判断

③歌論の原本（の、想像上の原態）
（1）書誌
（2）構造指定
（3）付帯情報
（4）本文
（5）根底にある価値判断

④論及される歌群
（1）書誌
（2）構造指定
（3）付帯情報
（4）本文
（5）根底にある価値判断

⑤歌群の出所となる歌集
（1）書誌

（2）構造指定
（3）付帯情報
（4）本文
（5）根底にある価値判断

五つの層はそれぞれが互いを参照し、牽制しあう関係にある。なかでも本書は、「②複製された諸本」がそれぞれに持つ価値を見出すために、とくに「（2）構造指定」「（3）付帯情報」に注目していて、それが最終読者である「僕」に伝わる。「僕」は、より深い層をいちいち読み込まなくていい。本書はシンプルで使いやすい高水準言語で書かれているからだ。

最終読者。この呼び方はたぶん耳慣れない。だけど本書もまたそうであるように、二〇二〇年代を生きる僕たちは、もはや「書き手」と「読み手」の機能と権限をはっきりと分けられない。それは「その日の事情」や「その場の都合」で変わるロールプレイのひとつであって、幅広いグラデーションの双極を示す符号くらいのものだと割り切っている。

にも関わらず、「僕」という読者が、いま、ここで「終わり」にしたら、もう「その後」には続かない。そして、歌学書の書写人たちも——一次著者か二次著者か、より後次の著者かに依らず——じぶんの著述が、より長くて大きいものの、あるひと時を別の時まで伝える「つなぎ」だと見なしていた気がしてくる。これは奇妙な感覚だ。

「方法」のジオラマ

本書のストーリーが進むにつれて、語り手は論及の単位を大きくし、視点をより高次にあげる。第三部には、四種の「作法」に目配せして書かれた小論が収録される。作者論（さほど大きな功績をあげなかったがゆえに、同時代のトレンドを洞察するのにぴったりな作者の）、作品論（依頼仕事であるがゆえに、多方面への遠慮と政治的な駆け引きのあとが読み取れる歌集の）、キャラクター論（史実だと称する物語に描かれる、実在した登場人物の）、読者論（文化の成立条件を決める制度と経済の）。

選びとられた四つの「作法」は、いかにも王道で・定番のそれでありながら、その「題材」が（おそらく）研究コミュニティのなかでさえ王道で・定番のそれからは外れていることで、二十一世紀が大いに直面し、いまなお経験する問い——無尽蔵に湧いては消える作品未満の作品たちが、この時代にどういった文化史的な意義を持ちうるのか——を、思わず考えさせられる。

想像するに、本書の成立に関与した語り手たちは、本書自身が属する言表の総体をメタ視点で捉えようとし、抽出できた情報構造の特徴を、本書を形づくる部分のメタデータ設計に反映させたのだろうか。本書は中盤で、単語と数値だけを用いた改行詩と呼びたくなるほど禁欲的な列挙を行う。終幕では、データセットの書面化とでも呼ぶほかない抽象度の叙述に辿りつく。その一字一句に圧縮された情報量の——というより、その一字一句に盛り込まれないまま、この数百年の間に「消えた」労苦は、だれであれ決して正しく計量できない。

この本は僕に何を伝えたか。ひとつだけ示すなら、いまから九〇〇年以上も前に、藤原清輔という作家は、一文を構成する最小単位の分解・選択・配列への注視という、自然言語処理技術者の感覚の萌芽とでも呼ぶべきものを持ち合わせていた。この気づきは僕を驚かせた。情報技術の世界史は、テキストデータの日本史を抱え込んでいたのだ。

家柄

うちに帰ろう
生き血を吸われて
流した涙が
渇いた水底を青く染める前に
眷族のうらみを、死なないからだで
明日までの宿題に書き留めたら
忘れないで
朝どれ鮮魚の品評会みたいに
最短翌日着の産直空輸システムでお届け
安全で、正確に、遅滞なく、お得な
おいしい生きもの　うつくしい日々

飲んでばかりいると
吐き気がしそうだ
うだうだして
切り落とし、引きちぎり、嚙みくだき
だらだらして
無音の苦痛が聴こえなくなった
ぞわぞわして
もう大人なんだから
ぐずぐずして
死ぬまでそうしてなさい
ぼーっとして
そしていつか取り残された
くたびれた感受性を撃ち抜け

V

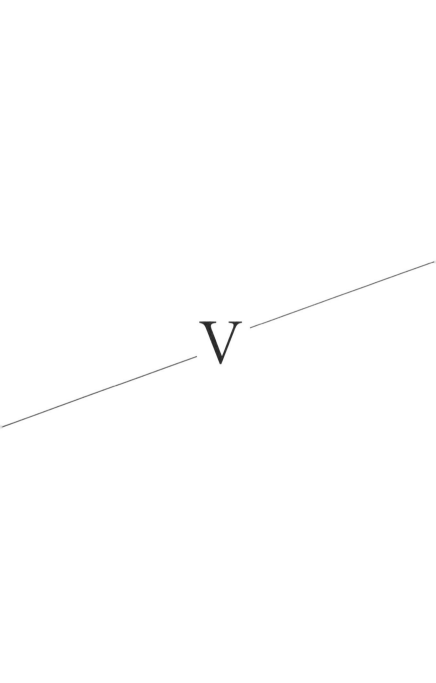

うつさないように

14日間の行動記録をつけておくと、もしもじぶんが発症したときに、だれに「うつしたかもしれないか」を突き止めやすいと教わった。だけど、いちいち覚えていられない。じぶんの生活をどこまで記録していたか。その記録は私生活をどこまで辿れるか。このテキストはその問いに答える試みで、何よりじぶんのために、僕自身のパーソナルデータを分析してまとめたものだ。この話は12月9日から始まり、1月24日に終わる。ＳＮＳ投稿、検索履歴、紙の領収書、交通ＩＣカード残高やクレジットカード明細に至るまで、個人がじぶんで使える自身のデータをもとにして書いた。

医療界にはメタアナリシスといって、複数の臨床試験で得られたデータをまとめて見比べて、薬品や治療法の効果を信頼づける手法がある。その緻密さには及ばないけれど、いつかじぶんの人生を再設計すべきときに、「無責任さ」が伝染するのを「抑制する」くらいの効き目はあるだろう。遠からず日本でも、公衆衛生を保つために、プライバシーの尊重をさらに手放すときが来るかもしれない。より正直に書くなら、僕の知るかぎり、知識が乏しく貧しいひとの勤労・消費生活は、すでに十分に、じつにあっけなく、さしたる悪気も善意もないまま、他人に明け渡されているけれど。それは「大らかさ」なのか「気がねなさ」なのか。「騙されて」いるのか「信じて」いるのか。情報技術の進歩の速さと、人々の倫理観の変わり映えのなさを知れば知るほど、見分けがつかなくなる。

潔癖なじぶんが猜疑心を募らせているだけならいい。それでも僕は私的なものへの配慮を失いたくない。頭ではそう考えながら、でも僕は、監視技術に私生活が支配されると心配できるほど、じぶんの生活を管理し、測定し、推定し、操作できていないのだった。


原稿をふたつ仕上げた。サイゼリヤは混んでいた。1軒目に『群像』を忘れた。2軒目で知り合った子と始発までうちで眠った。ペットボトルの紅茶をポケットに入れて、お腹を温めながら「配置された落下」を観た。吉祥寺は混んでいた。下北沢でゆず茶を飲んだ。さすがに疲れて、さっきまで寝ていた。(2019.12.9)

湖北省武漢市で最初期の感染者が出たと「認められた」のは12月9日だという。患者は海鮮卸売市場の労働者だった。12月16日に市内の救急病院に搬送された。22日にマイクロRNAシーケンス分析ツール「MapMi」で得られた検査結果は、病院内でも口外が禁じられた。

WHO中国オフィスは原因不明肺炎(pneumonia of unknown etiology)が発生したと12月31日にWHO本部に報告した。前日の通達で、武漢市保健委員会は27人の発症を見つけ出したと報告している。

武漢市に務める複数の医師たちが、グループチャットアプリ微信(WeChat)で知人たちに警鐘を鳴らした日だ。艾芬医師は李文亮医師らに「検査結果の報告書を撮影した写真」を送信した。赤いペンでぐるりと丸つけされた「ＳＡＲＳ冠状疾毒，铜绿假单胞菌，46种口腔／呼吸道定積菌」。病原体の特定はまだできていなかった。けれどもすでに「ＳＡＲＳコロナウイルス検出」の「疑い」が報じられていた。

僕はまだ何も知らない。数回の食事会があり、取引先を訪ねる合間に喫茶店で過ごして、クリスマスにはパスポートの発券を済ませている。話題にしていたのは、グローバル多次元貧困指数、経済白書、TikTokのプライバシーポリシー、服装改善運動、サーデグ・ヘダーヤト『盲目の梟』、「電子商取引及び情報財取引等に関する準則」、ＢＢＣによる英国党首討論の即時ファクトチェック、「キスマイ古参からみたSixTONESについて」。

際限ない人物消費の桎梏から自由でいるためにも、ワーク（作品）ライフ（人生）バランス（均衡）を大切にしていく。そういう文化圏の作り上げが求められている気がするんだ。（2020.1.2）

１月１日に華南海鮮卸売市場が閉鎖された。武漢市保健委員会は３日に、新たに44人の発症を確認し、１２１人の濃厚接触者を特定したと公表している。５日にＷＨＯ本部は、専門家向けの流行発生ニュースで「原因不明肺炎：中国」を初めて取り上げた。ＷＨＯへの報告で、武漢市保健委員会は「卸売の魚や野生動物」への動物感染を疑っていた。

これを受けて、台湾政府は4日に警戒レベルを「レベル2：厳重」に引き上げ、空港や高速道路での体温測定などを強化した。日本では厚生労働省が6日に渡航者へ注意喚起を行った。この時はまだ「感染経路：不明。ヒト－ヒト感染の明らかな証拠はない」と報告している。国内大手紙が「原因不明の肺炎」と報道したことで、中国の旅行経験者／滞在者が不安を語り始めた。

厚生労働省検疫所は、平時から、空港国際線到着ロビーにサーモグラフィなどを設置して、日本に入国するすべてのひとに発熱の有無を検査する。この頃から国際線の検疫所は、「現行の検疫体制を維持」することに加え、「ポスター掲示」や「Webサイト掲載」での情報発信を行った。武漢市では搭乗前にも検疫があったという口コミもある。東京オリンピックの開催に備えた、入国前審査の実施が少しずつ進んでいたようだ。ただ、「潜伏期間などで症状がない場合には感染者を見つけることは難しい」（出所：日本経済新聞）。

10日には国立感染症研究所と国立国際医療研究センターが連名で、医療従事者向けの指針を公表した。発熱と呼吸器症状があり、曝露歴を満たす患者の鑑別フローを示した。インフルエンザなどのすでに知られた疾患と切り分ける検査を行い、疑似症例ガイドラインを参照したほうがよい、と。指針は注意を呼びかけた。検体採取でエアロゾルが発生し、空気感染するリスクがある。医療従事者にはN95マスクを、患者にはサージカルマスクを着けるように。軽症者は「咳エチケット・手指衛生の指導をしたうえでの経過観察」とすること。

7日には中国疾病預防控制中心（国立感染症対策センター）が、新型コロナウイルス株の分離に成功する（日本では国立感染症研究所が1月31日に成功）。11日（または12日）にはゲノム配列情報が中国からＷＨＯに提供され、ドイツの遺伝子データ共有パートナーシップGISAIDを通じて共有された。武漢市保健委員会は、この日初めてこの病気を「新型コロナウィルス肺炎」と呼んだ。症例41人、うち退院2人、重症7人、死亡1人。濃厚接触者739人、うち419人が医療関係者だと報告した。

僕はまだ何も知らない。貸切されたラブホテルでe-sportsの海外事情を学び、旅先で新しい外套を買い、東京スカイツリーの隣接施設でたくさんの肉を買った。青山シアターとユーロスペースで1本ずつ映画を観ていた。2本目を観ているとき、クライマックスでひどい吐き気がして、苦行のようなラストシーンを迎えたのだった。

「日本病」と名づけられた市場経済の明らかな後退見通しに暗くなりながら、5年目に入った極私的な自粛が解ける、5年後の未来を想像していた。話題にしていたのは、機械学習ボーイ、企業価値評価、さよならテレビ、ノンアルコール月桂冠、保育士YouTuber、サボテンの育て方。Woven City, Ancestors, Meaninglessness, Know to know, Don't disturb day.

ほんとうの銀座線乗り場を教えてくれる看板（2020.1.16）

日本では1月15日に国内1例目の発症が確定し、16日に厚生労働省が公表した。武漢市に滞在歴のある30代の男性だった。積極的疫学調査によって、彼の濃厚接触者38名は特定され、本人も月末に全快した。その後も数人の感染者が出た。全員の渡航履歴と濃厚接触者が洗い出された。

武漢当局は1月20日に「ヒト－ヒト感染」を公式に認めた。「萬家宴」の2日後のことだ。武漢市で20年ほど前から始まった、春節を祝う一大行事で、感染源の市場にほど近い集合住宅地「百歩亭」をはじめ、武漢市内で4万人近くが参加した。これは東京ドームツアー1回分の収容人数に相当する。

1月22日にWHOのテドロス事務局長が招集した緊急委員会は、この流行が「国際的に懸念される公衆衛生上の緊急事態（PHEIC）」だと宣言する合意形成に至らなかった。最初期の検査報告から4週間が経っていた。1月20日に198人だった感染者数は、7日後には2千744人に急増した。事態を察した多くの市民が慌てて逃げだしたあと、1月23日に武漢市で都市封鎖が始まった。24日にはジョンズ・ホプキンズ大学で中国出身の学生2人が「COVID–19ダッシュボード」の公開を始めた。そのとき僕はこの病気を知った。

世間体とレソロジカ

逃げたにゃ。やっぱりニセモノにゃ。

――『聖剣伝説　LEGEND OF MANA』より

戦場の気持ち

文章が好きなひとは神隠しにあいやすい。友だちはすぐ音信不通になるし、行方不明の知人は加齢のたびに増える。じぶんの現在地がはっきりと分かる夜のほうが少ない。じつは生きていたと終盤で明かされたり、シナリオの都合で死んだりなんて珍しくもない。

ありがちな訃報にも慣れてしまって、いざというとき、泣きたくなるより先に、とりあえず笑えるように受け身をとる。身体が勝手に動き出すんだね。お悔やみ申し上げたくても、最近のトレンドとか、批評的な価値とか、知り合いの誰が何を言いそうとか、技術史上の意義とか、リアリティとか、普遍に触れられたかとか、倫理とか品質とか責任とか。

大踏まえと外しのシミュレーションで、頭のなかが満たされるほど、使える語彙が限られる。大切なのは着回しの手数だけ、と言い切るのはさすがに過敏すぎか。リスクを負わない投資はできず、言葉の貧しさとは記憶の定着率の低さだから、集めては捨て、仕入れては売りを繰り返すうち、事件を起こしたくなったり、事故に巻き込まれたり、身動きとれなくなったり、災厄に飛び込みたくなるものだけど。

野窓さんの無事を祈りたい。いつの時代のどの国の作法がふさわしいだろう。僕が出くわしたのは3～4回目で、ちゃんと毎回びっくりするから大丈夫だ。そして思い出すのは、延べで何人いるかも数えきれない、本当に死んだひとや、どうやら生きてはいるひと、確かに死んではいないひと、生きていると見られるひとたち。戦場の気持ちってこんなか。生死がどうあれ、それを知ったそのときの鋭く、重く、沈んだ気持ちなんて、老いと疲れで簡単に忘れてしまう。そのいらだちがある。鈍い怒りはずっと残る。だから気軽に隠してくる神を僕は殺したい。

（2018.10.7）

信頼性ゼロから始まってるんですよね

「インターネットトマソン以上にはなりたくないしならない」と吉澤さんはいう。気負わず、威張らず、狂わず、傷つけないこと。その心意気はよく分かる。禁欲であるより先に、信念がひとにそれを強いる。言ってしまえば思い入れの問題だよ。じぶんに課した制約で、いまよりずっと美しくなりたい。それだけの話かもしれない。指折り数えて待つ日々は、救いを求めてあがくより、静かで、ゆったりした、節度のある気持ちを養ってくれる。消費されないって最高だ。地獄からの卒業。

とはいえ、真実はいつもひとつに収束し切るまで、ありうることとの微細な繁茂として、至るところを埋め尽くしていくね。感知にも限度がある。だから装置が欲しかった。

観測範囲と検知精度を両立させたかった。鍛えればどうとでもなるわけでもないし、肉体には寿命があって、使いものになるのは10年ちょっと。あとは惰性で気流に乗って、軟着陸して息絶えるその日を、いつまで先送りできるかの勝負。そう思っていたし、いまでもそう思いたいときはある。世界とか社会とか歴史の話じゃない。陰りゆく前に、疑いなく死ねることを見つけて、心身を捧げられる。それさえ満たされれば、別になんでもよかったのか。

笑えるのは、「芸術のように生きてはいけない」と諫められたとき、僕はじぶんが「そういうの」から遠く離れたところにいて、このまま行けば、「そういうの」の監視から逃げ切れそうだと安心しかけていたんだよ。下手に実績も知名度も得ずに済んだし、服役気分で遊んでいるけど、縛りが外れたとき、いつ襲われても返り討ちにできるだけの体力を養っておくべきか迷う――なんてことはないか。多勢に無勢じゃ勝ち目がない。

「暗殺の練習は欠かさずやろうね」とあなたはいう。言われなくても僕はやる。

（2018.10.8）

話者適応

データベースの著作権は、欧州では法制化されているが、民間契約で対処するのが一般的で、あまり使われていない権利だと噂に聞いた。数年前に読んだ本は、数字は言葉だと見なさないひとが書いたみたいだ。元気は出るけど、ちょっと古くて、効果はいまひとつのようだ。しばらくして、Twitterで流行っていた占いを試したら、

「時代の流れ、自分の置かれた立場、自分の力量などを的確に見抜ける目をもつとともに、厳しい批判精神の持ち主です。そのうえ激しい自己不全の観念にさいなまれているので、世の中が少しも楽しくありません。冷え切った感情の持ち主で、どんな場合も激するということを知らず、目の奥にメラメラと執念の火を燃やすと言ったタイプです。あまりにも性格の片寄りすぎた、偏執タイプの一型といえます。」（エゴグラム性格診断より）

言うねぇ、と僕は思った。

（2018.10.9）

自然環境の保護を

考えた商品です、と書いてある。原文には句点がなかった。ひっかけ問題かもしれない。「自然環境の保護を考えた商品ですが、本品は卵・乳成分・小麦・えび・かにを含む製品と共通の設

備で製造しています」とか。
僕は日本語が話せない旅行客に話しかけられやすい。タバコの自販機は専用カードが必要で、最寄り駅は逆方向、その加工肉に牛肉は使われておらず、その缶ジュースはエナジードリンクではない。
そのひとはこの国で英語教師をしていて、数年かけて各国を旅して回っていると言った。未邦訳のＳＦ小説について説明してくれ、南アフリカを旅するなら海岸沿いの都市を順番にめぐるといいと助言してくれた。ＬＩＮＥアカウントを教わって、それきり。なぜ僕に声をかけたのかは分からない。「高地有機栽培の高品質アラビカ豆１００％によるブレンドです。」「つくりたてのおいしさを保つため、密封性に優れた袋で個包装しています。」どちらにも句点がある。忘れないように付けたんだろう。発売前に気づいてよかった。

（2018.10.10）

Kindleを検索する

この文章の構成は『Diary of a Bad Year』を真似たものです。

（2018.10.11）

青年の誤読

ＮＨＫ「国民生活時間調査」は15分おきの自記式で「いま、何をしていたか」記録させる5年おきの調査だ。ある日のその時間帯に何をしていたかを測定し、集計し、母集団に占める割合を出す。この値は行為者率と呼ばれ、曜日別・年層別で区分したり、年ごとの比較を行うのに便利な指標だ。２０００年から調査項目に「インターネット利用」が加わり、回を重ねるごとに設問・行為区分が改良されてきた。

ところが近年、10年に満たない期間で、肌身離さず持ち歩ける情報端末が普及したことで、「料理をしながらＴＶを視聴し、その感想をＳＮＳに書き込む」といった複雑な行為を行う、主として20代の生活様態が把握しきれないのではないか。ＮＨＫ放送文化研究所（世論調査部）の二人が、「調査でとらえたインターネットの現状と今後の調査へ向けて」（『放送研究と調査』２０１７年8月号所収）でその問題意識を述べている。

考えうる改善策は、すでに各地の民間企業で、学術機関で試みられているところだ。着想はどれも共通している。なるべく多くの生活手段にセンサーとログ取得の仕組みを埋め込んで、どの手段がいつ使用されたか、（なるべく）いつも、（できれば）いつまでも計測する。出資者の辛抱強さと研究者のこだわりによって、集められるデータの精度、分量、利用目的は変わるけれど、このまま突き進めば、「暮らしのすべてが丸ごと記録される部屋」の出来上がり。研究利用できるテラスハウスだ。脚本はだれが書くといいだろう？

（2018.10.12）

どうき・息切れ・きつけに

ここには文章が入ります。ここには文章が入りますし、ここにも文章が入ります。ここにも文章を入れられるでしょう。ここに入る文章もあります。ここが文章の入れどころです。ここに文章が入るということです。ここで文章を入れてみましょう。ここから文章が入ります。ここには文章が入りましたね。ここに文章が入ってしまったのです。ここに文章が入るとき、ここには文章が入るはずです。ここにも文章が入りそうですね。

（2018.10.13）

頭に入れても安全な素材

スマートスピーカーにせよ、自走型掃除機にせよ、電力使用種別解析器にせよ、インターネット接続する受像機にせよ、腕時計型体組成計にせよ、家庭用監視カメラにせよ、こだわらなければ、私生活の記録を絶えまなく録り貯める技術はもうあって、あとは想像力と欲望の閾値を一般人が踏み越える日がいつになるかどうか。「ばかげたこと」を思いつき、「軽はずみに」試している「目立ちたがり」の「物好き」なら、先進国中を探せばきっともう見つかるだろう。もったいないのは、そこで集められたデータの使い道が、防犯と調査をのぞけば、広告（つまりは、他人を動かすために送り出される一切の情報）をより消費させる糸口をつかむ素材としてばかり提案されていること。逆に考えるんだ。僕たちの1日あたり情報接触時間は年を経るにつれ増えていて、局所的には、「睡眠時間をのぞけば常に広告に当たっている生活」を送る1日もあるだろう。そう想像するのは難しくない。

おはようからおやすみまで、あなたに届いた情報のうち、ざっくり何%が「広告ではない」だろうか。問題はすでに、思想ではなく、生活の領分にある。騒がしい浜辺で日光浴をするように、1週間に何時間ほど広告を「浴びる」と、そのひとの心身を健康に保てるか。その日あなたが「口にした」広告は、そのあと何時間かけて消化され、吸収され、記憶の奥の生温かいぬかるみの襞に呑み込まれるか。

（2018.10.14）

アーティファクト、ばけのかわ、個撮

2018年10月20日午後18時になりました。これまでは、まるで毎日書き貯めたようにしてきました。しかしこの文章は、今朝から書き始められたものです。どの文章がこの文章か気になる

方もいることでしょう。そうでしょう、そうでしょう。

（2018.10.15）

よく分かるほうれい線のケア方法

対話型組織開発が創作理論として面白いのは、その実践者に手法の完璧な理解を求め「ない」ところにある。より良いふるまいは、当事者と、当事者が向き合う組織、その組織が身を浸す文化の組み合わせの数だけありうる。もちろん、いくつかの傾向と対策はあるとして、それを知ることで開発の成功率が下がるよりも、その場で解決策を「思いつく」ほうがいい。なぜなら組織とは——ここからは僕の考えだけど——、同じ記憶を分かち合えたと信じる複数の個人が、あなたはあなただけのものではないと願うための、あやふやな合意による、時限付きの、有機的なフィクションだからだ。

言い換えれば、ほどよく規制された労働時間のように、フィクションには始まりと終わりがあり、盛り上がりと落ちつきがあり、拘束と解放が等しく与えられる。その成立の端緒から、フィクションは分散の兆候を潜在性として抱える。固形化は死だ。そうでなくとも老いである。だとすれば、優れたフィクションとは何かと問う価値のある場面は、僕たちがまだ若い頃、つい夢見がちなほどには訪れない。

問いはこう変わる。次のフィクションが、前のフィクションと比べてどうか。前のフィクションは、その前のフィクションと比べてどうか。その前のフィクションは、その前の前のフィクションと比べてどうか。その前の前のフィクションは、その前の前の前のフィクションと比べて……。

（2018.10.16）

贈与について

ハンス・アビングはこう考えた。アーティストは「低い収入で働いたり、貯金、遺産、社会給付、あるいは芸術以外の収入、芸術に関連した収入を自らの「芸術ビジネス」につぎ込むことによって、芸術に助成している」（『金と芸術』より）だとすると、アーティストコミュニティが持続可能な成長を続けるには、「外貨を稼ぐ」役目を誰かが受け持つことになる。そうでなければ、コミュニティ内部に「使役の文法」を張りめぐらせるほかない。そうと悟られぬように、もしくは、あまりに明らかで、誰もが気に留めなくなるくらいに。歴史上でいくつものコミュニティが、そのコミュニティにとっての二級品をめぐって紛争したり、市場経済から離れたくて、農耕や狩猟、採集に惹かれりしたのもそのせいだ。2010年頃から僕が、共同体の育成と馴致の手法、生態系の保全状態を判断する手法や、複数の臨床試験で得た結果を高次に分析する手法、法人の価値評価に用いる手法に関心を寄せて来た理由でもある。

ハンスはこうも言う。「アーティストのパートナーはより目立たない方法で支援する。例えば、家賃や休日を過ごす費用などの支払いを分け合うことによって」

もちろん僕はかつてのパートナーのことを思い出す。やがて、いくつかの見過ごせない理由から、パートナーは僕だったのだろうと気づく。

(2018.10.17)

本書をどこで知りましたか?

2011年の夏に書かれたものを読み返していたら、2014年から2018年にかけて起きたことの、先行する剽窃っぽいことが書いてあった。

「ただでさえ、時を越えて、言葉の壁を乗り越えてでも伝えなければならないことというのは、いまだってまだ、深刻なこと、過剰なこと、鋭いことが、勢い多くなりがちだし、読むほうにしたって、その手の類をつい選びがちなのだ。気をつけて選り好みしなければ、いつも、気が休まらないことになる。

残酷に、私には関わりのないことだ、近い間柄にいて手の届く人が気にかけあえばいいことだ、過干渉は余計なお世話だと、強く自分に言い聞かせるなどして、気を落ち着けなければ、とてもではないが、やってられない。

死ぬ人は死ぬし、死ななかった人は死ななかったのだと、冷たく切り捨てなければ。どうせ、助けられないのだから、思いきって無視して、関わりのないところで、明るく、元気に、日々を過ごしたい。どうでもいい、くだらない、よくあることだと、強がって、忘れたい。事実など知りたくはないし、悲しみを分かち合いたくもないし、真実を突きつけられたくないし、絶望に打ちひしがれたくもない」

いつからか、思いっきり書くと、書いたことのいくつかが、やがて実在するようになると気づいた。だけど僕は予知なんて信じないから、適度にあいまいな記述で、起こりうる出来事の振幅を気にしながら、そこをはみ出ないように話を転がしておいて、それをあとから都合よく解釈しただけってことにしている。ただ、ちょっと怖かったときもあった。

予感的中！　なんてね。


（2018.10.18）

真実と信じるに足る相当な理由

２０１９年10月19日午前６時になりました。こうした一文が持つ、「いつかきっと実現してしまう言葉の重み」に、僕はどこまで耐えられるか。あまり深く考えないことだ。たくさんの神経過敏な制作物が忠告してくれる。じぶんの身の丈によって、その日の体調によって、その重みの深さは、足首くらいにもなれば、全身が浸かるほどにもなるしね。素潜りは苦手。謝辞は気恥ずかしい。酔って記憶をなくしたことはない。だから平気だ。そう思えるかが大事。

脚本はだれが書くといいだろう？　いつの時代のどの国の作法がふさわしいだろう。

（2018.10.19）

終わり！　終わり！　終わり！

嘘じゃない。本当だよ。

（2018.10.20）

よものよのもの

1.

ずっと真夜中ではなかったのかもしれない。窓の外はいつまでも明るかったから。救急車のサイレンが鳴りやみ、男声の怒号が消え、女声の悲鳴が途絶えると、夜明け前には寿司屋、ラーメン屋、焼肉屋、居酒屋が店を閉めた。そして朝日がコンビニ、牛丼屋、ハンバーガーチェーン、スーパーマーケット、ラブホテル、コインランドリーを照らすうちに、24時間営業の店舗照明は景色に溶けて、ごみ袋が山積みされた、たばこの吸殻だらけの歩道を、吐瀉物をよけながら、夜勤明けの女たちが無言ですれ違った。ほどなく新聞配達員とごみ収集車が巡ってきた。早朝出勤のサラリーマンが立ち去り、親子づれとお年寄りがそれぞれの行き先に慌ただしく出かけると、ちょっとした人流の凪が始まって、つづいて、終わった。

働きに出る大人の姿が目立たなかったのは、ここが歓楽街の外れだったからだろう。住宅地なら自転車の往来が、駅前なら踏切の昇降音とタクシーの流れが、オフィス街なら革靴の足音とスマホの着信音が、工場なら通勤バスの停車音が、農場なら野鳥の鳴き声が、港町なら市場の賑わいが、山間なら木々の葉音が聴こえるはずだった。ここは静かだった。

うるさくて眠れなかったのは、「2022 FIFA ワールドカップ」でサッカー日本代表がスペイン代表を「2－1」で降した夜、人びとが外出自粛の憂さ晴らしにハチ公前広場で大騒ぎした日くらいだった。応援歌がここまで聴こえてきたのだった。銃声ではなくて、遠くで打ち上げられた夏祭りの花火だったし、飛行機の音ではなくて、連続再生された「Back in the U.S.S.R.」のイントロだった。いつもどこからか建設工事の音が聴こえた。それでもこの狭い片道一車線の道路には、戦車は通れないし、歩兵は潜んでおらず、ミサイルどころかドローンさえ飛んで来なかった。ここはずっと静かだった。2020年に日本で初めて緊急事態宣言を発出した内閣総理大臣が暗殺される何十年も前に、東京電力の管理職だった女性が近くのアパートで殺害された時から、止まらない再開発と休廃業に耐えかねた僕がこの町から出ていくまでは。

2.

僕らはどこへ消えたのか。区役所の調べによると、2006年2月に路上で暮らした384人は、2022年8月には62人に減ったらしい。僕らも推して知るべきだろう。みんなが死んだとは思えないし、考えられない。きっとどこかで生きあぐねている。夜しかここにいないひともいるから、出会えないだけかも。ゴースト、ムウマ、フワンテ、カゲボウズ、ヨマワル、ヒトモシ、ボクレーみたいに。僕らは清潔で明るすぎるところが怖かった。自然な光を浴びると、からだがこの世から消えてしまいそうだった。日が沈むと、僕らは動き回り、立ち止まり、じっとしていた。居場所を見つけ、寝床をつくり、食べものを探し、ここではない別のところへと歩いた。殺されず、襲われず、脅かされず、迷いにくく、濡れなくて、温かくて、くたびれないところへ。つまりはどこにもない夢の国へ。僕らが生まれなかった時空の、僕らにそっくりなあなたが暮らす、その画面越しの、そちらの世界へ。

隣町の公園で捕まえられた友達は、毛並みと肌つやがすっかり見違えて、毎日食事がもらえるようになったと聞いた。いつも僕らに食べものをくれたひとが友達の飼い主と親しくて、その飼い主が撮った友達の写真を見せてもらったのだった。その飼い主が僕らの性生活に密着した動画を撮影する予定だった日、友達は本番直前に現場から逃げ出したらしい。

その飼い主は友達をまだ探している。まだ生きていると信じて。やがてすべての主要なＳＮＳのプロフィール画像が友達の写真に変わり、友達の名前を冠したアート・プロジェクトが立ち上げられ、友達のからだを題材にしたビジュアルコンセプトが描かれた。友達の死は延べ８４０万人に知られ、延べ49万人に視聴され、６千３００人に購入された。飼い主は友達を悼み、悲しみを乗り越え、苦しみから離れ、ありのままの現実を受け止めようと、量産向きに単純化された友達のシルエットに、いつまでも終わらない祈りを捧げているのだと語った。

私なんだよね、あれ。友達が教えてくれた。

迷惑？

まぁ本物じゃないし。

もう人前には出ない？

気が向いたらね。

戻らないの？

さすがに無理でしょ、と友達はいった。

私がいないから成り立ってる企画だもん。

そうじゃなくて、ここには戻らないの？　僕らはみんな聞きたかった。代わりに僕が問いかけた。そっちは楽しい？

平和だよ。天国みたい。最高。幸せにはきりがないね。分けてあげたい。友達は笑おうとした。涙が止まらないみたいだった。答えに詰まった僕らに聴こえたのは、もう死にたくないの。

そんなはずない、と僕らは騒いだ。嘘でもいいけど、ごまかすなよ。僕らの命は別に重くない。背負っちゃだめだ。そして延々とつづいた、善意あふれる助言。

ちがう、と友達はいった。ごめんだけど、そうじゃないの。私はもうここに帰らない。名残惜しくもない。でも、と友達は口ごもって、そのつづきを言うか迷った。いま思えば、その数秒を僕らは活かせなかった。友達は僕だけをつれていくと決めたから。

「でも？」と声に出した僕が友達を見て、僕に見られた友達は僕を見た。友達はまばたきした。僕もしたと思う。「ねぇ」と友達はいい、僕はうなづいた。僕らはそれを見ていた。静かだった。ここはずっと静かだった。

3.

それから、新しい友達の新しい飼い主たちが、いつも僕らに食べものをくれるひとと話し合って、僕の代わりをここへ連れてくると約束したのだった。友達の飼い主たちは待ち合わせ時刻を7日後の午前3時（日本時間）に指定し、僕を除いたすべての僕らがそれに合意した。僕は明日にでも出発したかった。その日までに食べられちゃうかもしれないし、ここから消えてなくなるおそれもある。さすがに無理だと説き伏せられたけど、そのとき僕には捨てられない持ちものがなく、ここにも思い入れはなかった。念入りに探したけど、換金しづらい「疲れ」のほかには何も見つからなかったし。それどころか、ここを出ていくと決めただけなのに、その瞬間から、ここにいるのはもう耐えがたいような気がしてならなかったのだった。

「また会う日まで」新しい飼い主はいった。「いい子にするんだよ」

どうして？

いい子はみんな天国へ行ける。

悪い子は？

まれに行ける。

ふつうの子は？

運次第かな。

僕は？

きみの代わりがすぐに見つかるといいねと言い残して、新しい飼い主は笑って立ち去った。友達は、一度だけ僕らにふり向いた。僕だけを見ていると僕だけが分かった。

それから5日間、いつも僕らに食べものをくれるひとは、そのひとが寝起きするところを好きに使わせてくれた。というと語弊があるな。これまでもずっとそうだったから。梅雨時には山積みのビニル傘を貸し出し、肌寒くなると毛布やバスタオルを分け与え、流行感冒の不安が広まってすぐに箱入りの不織布マスクを配ったものだけど、折にふれては「持たない派だから」といって、僕らとはなんの所有関係にもないと主張したがった。

「なんでもあげちゃうひとだったよね。物も、場所も、出来事も、からだと心も」

いつだかに「僕もです」と僕がいったら、「そういうのもいらない」といったから、本当は僕らの思い出に残ることさえ控えたかったんだろう。「でも服は着るんですね」と僕らにからかわれて、「滅私を極めても去私には至れないからさ」と言い訳していたけれど、脱いだら脱いだで精悍な肉体の鎧。げっそり痩せた僕らにはドーピングしても辿りつけない「健康」そのものの化体だった。

何しろ僕らとは食べものがちがった。僕らのはいやな臭いがした。安全で、おいしくて、からだによくて、お得なはずなのに。そのひとはここでなにも食べなかった。僕らがその部屋で見つけた食べたいもの、食べるもの、食べがたいもの、食べられないものを選り分け終えると、そのひとは食べられないものだけを引き取って、翌週にまた僕らにくれる食べものを持ってきた。「どうせ捨てられる」から、好きなものだけ選べばよかった。僕らが食べられないことを除けば、なんであれそれらは僕らみたいな食べものだった。僕らみたいなものを食べて僕らになった僕らは、僕らみたいなものを生み育てた僕らだった。そのようにして僕らは僕らでありつづけた。僕らを僕らはやめられなかった。

4.

きっと友達は、僕らみたいになりたくても、僕らにはなれなかったのだと思う。汚辱にまみれた暗がりを嫌っていた。夜更しすると、からだがあの世の底まで引きずり込まれるようだと怯えた。月が沈むと、友達は息を潜め、飛びかかり、口に咥えて、立ち去った。不運にも捕まった僕らの首を締め、湯煎して毛を剥いだら、内臓を掻き出して塩ゆでする。僕らのからだはたいてい病んでいたから、そうやって殺菌しないと食べられなかったのだ。

あとはおなかに唐辛子や香草を詰めて丸焼きにしてもいいし、素揚げや煮込み、蒸し焼きにしてもいい。首や手足、尾を落として切り身にすると、僕らしさを気にせずに食べられる。

どうせ僕らは長生きできない。だからすぐ大人になれる。それから死ぬまでほとんどずっと愛し愛されて生きるのが、あなたの退屈しのぎにうってつけのこのからだ。ごみだらけのコンクリート・ロードしか踏めない青年期を過ぎても、また春がくれば次世代の顔見世が始まる。新鮮で、活きのいい、世間知らずの僕らを救うのは、いのちを削らなくていい仕事の噂だった。僕らはあたまが悪いから、愚かさを隠して、いつ騙されるかと警戒しながら、引っぱって離すだけの簡単なやさしさに包まれると、あっさりまたひとを信じたいと思い直す。ここはもう子供の遊び場じゃないと気づいているのに、次々と生える高層階へ這い上がり、隙間から隙間へと広がり、足跡まみれの谷底へ吸い込まれていく。

5.

6日目の日が沈んでも、僕の代わりは見つからなかった。新しい飼い主たちが遊びにきて、「お目当てにふられた」と打ち明けた。「明日があるさ」いつも僕らに食べものをくれるひとは僕を励まし、僕らを睨みつけた。

僕らからすると、友達に選ばれた僕は近寄りがたかった。友達がここからいなくなったのはずっと昔の話なのに、「明日」も姿を現さないだろう友達の影に守られるなんて、なんだか奇妙なことだった。ちからもちの・いじっぱりな・妖精タイプが嫌われた時代だった。大雨にも負けない体力自慢の友達だったから、すてみの・ふいうちで・がむしゃらに生き残ってきた僕とはちがって、おばけと悪人だらけの国で暮らすなんて耐えがたかったのかもしれない。

夜が更けて、「お願い」を守る大人たちがここからいなくなると、僕らは「閉店」したふりした部屋に集まって、食べきれなかった残りものに粉や油をかけて、禁じられた「酒類」や「医薬品」

と一緒にたいらげた。それらはただちに危険ではなく、慢性毒性は高くなく、必ずしも違法ではなかった。僕らは吸えるだけ吸って、吐けるだけ吐いた。人工精製された「いい気分」がみんなに訪れると、新しい飼い主たちが中央の部屋に踏み込んできて、うつくしさを長持ちさせる方法について難しくてややこしい話を始めた。新しい飼い主たちはそれぞれの気持ち・考えを確かめ合うと、いつも僕らに食べものをくれるひとを呼んで、伝えて、言い争った。雑談は「生きる」という目標に行きつき、「がんばろうぜ」「負けないで」「愛してる」と言い換えられた。

つまるところ、新しい飼い主たちは友達と僕だけで満足していないようだった。かといってほしいものが、ほしいわけでもない。いつも望みは「他にも」「代わりに」「別の」「次の」選択肢。それだけはほしいとおもう、ほんとうにほしいものがあるとしたら、それはまだ、ここにない、出会いですらなくて、なんだか「ちがう」という思いに体をあずけ、浮かれ騒ぎ、踊り明かすこと。郷愁を誘う広告コピーとポピュラー音楽のサンプリングで社会を茶化すうちに、僕らは即席のラップバトルを開きたくなって、お互いの言葉に韻律を見つけては踏ませ、換喩を結んではほどき、禁忌にふれては離れ、諷刺を挿れては抜いた。救急車のサイレンが鳴りやみ、男声の怒号が消え、女声の悲鳴が途絶えると、ほどなく世界のネットミームをただ言い合う遊びに変わって、終わり際に「その先は言う必要ないですよね」だれかが言って、みんなが大笑いした。僕らはみんなを見ていた。静かだった。ここはずっと静かだった。翌週も、翌々週も、その先も。

6.

そうして約束の日から49日後の19時（日本時間）に、別の新しい飼い主がまた訪ねてきた。友達が僕を早く連れてこいとわめいて堪えたといった。僕はそのひとを見たことがなく、そのひとも僕を知らなかった。友達は何人もの飼い主たちを転々として、ますますきれいになったらしい。たばこが吸える20時閉店の喫茶店で、そのひとがいつも僕らに食べものをくれるひとと話すのを見ていた。そのひとはいった。俺の名前はまだ言えない。その10分後には、そのひとの主な属性がＩＴコンサルタント・一児の父親・ノイズミュージシャンだと分かった。気まずくならないように、わずかな沈黙さえ絶えず埋めようとする、気配りタイプの饒舌派だった。入店から45分後に、ようやくそのひとはいった。冬の終わりに家族と隣町を離れて海の向こうへ行くから、次の飼い主に友達を引き渡すつもりだ、そのときに僕もここを出てくれ、行き先が決まったら連絡する。

閉店を告げる「別れのワルツ」が店内にかかると、ふたりは慌てて細かい話をした。この取引はそのひとが「うちの子」を取り返すためで、相手方との契約はもうまとまった、こちらはだれも迎え入れない。まずは僕が相手方に送られ、新しい飼い主は僕と引き換えに友達を受け渡す。さらに僕は相手方へ送り出され、代わりにそのひとは「うちの子」を取り戻す。新しい飼い主は必要数の僕らをもう捕まえたから、その子を返したあとは好きにしていい、俺の手持ちに残った子もすぐ逃がす。それでさよならだ。僕らとも、この国とも。そのひとはいった。「日本の地球は狭すぎる」将来は社長か政治家、または宇宙になりそうな語り口だった。

7.

店を出たふたりが駅へ向かう道のりは、人通りが減って、自転車とタクシーが速度をあげやすかった。友達のからだを題材にした屋外広告（Out-Of-Home Ad）が貼られ、映され、配られていた。そのときにはもう、専用アプリをダウンロードしなくても、内蔵カメラにパーソナルデータの利用許諾さえ与えれば、ブラウザ越しにそのすがたを街に重ねて表示できた。見慣れたその景色から僕がなにを認知し、関心を持ち、検索し、欲求し、記憶し、行動し、共有したくなるのかはよく分からなかった。大声で再会を約束したそのひとが改札を抜けたとき、元・飼い主が隣の改札から出てきた気がした。僕らのようにげっそり痩せていた。だから見まちがいだろうと思いながら、帰り道でいきなり血を吐いたので、鉄の味が消えるまでしっかりと口をゆすいでから僕らが寝起きするところへ戻ると、僕らはそのひととその申し出を頭からしっぽまで怪しんだ。僕らが明らかなリスクを負わない取引に、僕らはまったく慣れていなかった。僕らは騒いだ。僕はここを出られる、友達は僕にまた会える、「うちの子」は帰ってくる、僕らは僕らを取り戻せる。そんな「いい話」があってたまるか！

……盗られたのかもね、うちの子が。いつも僕らに食べものをくれるひとがつぶやくと、それからしばらくざわざわした。疑わしきが調べられ、洗い出され、検査された。意見が割れ、派閥ができ、あきれるほど平凡な根回しと探り合いと手打ちの果てに「悪い話」ではないと決議された。山ほどのただし書きが付けられたところで、結論は初めから変わらない。ここから出ていけ。

そのつもりだったよ？

8.

僕らは思い出せない。いつも僕らに食べものをくれるひとが、取引相手の家族を心配するふりして、どうしてそのときだけ僕らを「うちの子」と呼んだのか。僕らは思い出せない。半世紀ぶりに春の雪が降り積もり、街灯の消えた無人の商店街に大音量で「都知事からの緊急メッセージ」が何回も何回も何回も流れていた。暗くて、静かで、冷たかった。僕らは思い出せない。鉄道会社の直営百貨店が解体され、地下商店街が閉まり、暗渠の上と公園跡地にオフィスビルとショッピングモールができた。明るくて、うるさくて、まぶしかった。僕らは思い出せない。接触回避と人流制限で広告効果と購買意欲が下がり、交通事故と犯罪検挙数が減った。自転車泥棒とコンビニ強盗が減り、児童虐待と大麻取締法違反が増えた。詐欺師と起業家と観光客が増え、少年刑法犯が減った。僕らは思い出せない。皇道派の陸軍青年将校が処刑され、米軍捕虜が留置所の火災から逃げられず、警察署とやくざ一家が在日華僑と撃ち合い、中核派反戦活動家が機動隊員を火炎瓶で焼き殺し、あちこちの路上で切断遺体が見つかった。僕らは思い出せない。農村が鉄道敷設に反対したあとも、茶畑と牧場はしばらく広がり、あちこちに青果市場、学校、郵便局、集合住宅が建ち並び、陸軍練兵場と文化住宅が花街の送客元になった。そのほとんどが火事、洪水、地震、空爆で壊れて消えた。僕らは思い出せない。昔はここから富士山がみえた。山奥の湧水が川から池へ、池から谷間の水路へ流れ込むと、田んぼの端にある水車小屋で自動昇降するいくつもの杵が、ずらりと並ぶ石臼に満ちた米を磨き、小麦をつぶした。僕らはそれを見ていた。群れ、つがい、眠りながら。ここはずっと静かだった。

9.

新しく開かれたプラットフォームに呼び出された僕は、俺の隣で待ちかねている私を見つけた。俺はあなたに僕を引き取らせ、僕と私を交換し、私とその子を取り替えると、その場でふたりの身代わりを逃した。「ありきたりな言葉ですが、からだに気をつけてね、サヨウナラ」と俺はいって、浅草行きの各駅停車に乗っていった。溜池山王駅で降りてオフィスに顔を出したあと、上野駅経由で成田空港へ向かうそうだ。

あなたはふたりに新しい名前をつけたがった。もらい子のあだ名は一度しか変えられない。山手線を降りるまでに思いつくはずだったのに、水の音広場を通りすぎても悩んでいたから、「つづきは新幹線で話しましょう」とすすめて、なだ万厨房で買った「匠」を食べた。季節替わりのおかずが十数種も入った薄味のお弁当で、大人はこんなものばかり食べているから長生きするのだと思った。ほうじ茶にはカフェインがペットボトル1本あたり50㎎しか入っていなかった。いつもその日の体調に合わせて80㎎と142㎎を使い分けていたから、そちらに着くまで意識が持つか心配だった。頻脈も息切れもない食後は久しぶりで、やっぱりうとうとした。目を覚ましたのに、なにも盗まれていなかった。

のどの痛みに気づいた。風邪をひいたみたいだ。安心したからかもしれない。からだが沈むように重たくて、「グリーン車　座席　倒し方」で調べたら、座席のふちにある矢印のついたスイッチを手前に引くだけでよかった。横についたボタンはシートウォーマーと読書灯で、大容量の動画データが無料のWi-Fiを介してのんびり飛び回っている。将来はレッグレスト付きの完全個室タイプも導入予定らしい。

それから到着駅まで充電を急ごうと、スマホの電源を切ろうとしたら、通知が届いた。精悍な肉体の大人ひとりが冷たい部屋の真ん中で息をひきとっていた。身元の特定につながる情報を知っていたら教えてほしい。死後ほとんど時間が経っていない。切腹でも服毒でも首吊りでもない。心不全だろう。空っぽの冷蔵庫は電源プラグが根本から切り落とされていて、赤い錠剤が部屋中にばらまかれていた。

ファースト・マカロニペンギン

すてきな消費体験だらけの思い出を狙撃手たちの練習場に

自作を語る　はじめての現代文芸撰集

ちょっと高級な料理のメイキング動画を視聴するのが好きだった。つい最近まで、というか今夜もだけど、手あたり次第に料理人たちのYouTubeアカウントをチャンネル登録しては、コース料理や新作レシピ、ご家庭向けのアレンジメニューを見て回ったものだ。

もちろん調理の腕前は上がらない。食材の目利きも、包丁さばきも身につかない。「おいしそうだな」と思って、それでおしまい。冷蔵庫は空っぽ、お腹は空いたまま、来店につながらない再生回数ばかり増えていく。でも、見ちゃうんだよね。詳しくは分からないけど、作者がその作品にぴったりな言葉を探して、仕入れた素材、使われた技法、味つけの狙いを伝えながら、自作語りの恥ずかしさにいたたまれなくなっている。その姿に共感するのだろう。

そんなつもりで、最近の文芸書には珍しい試みだけれど、収録作それぞれの解説を書いて、この本に同封することにした。「先読み」しても、「ながら読み」しても、「後読み」でも大丈夫。ネタバレ注意だけど、宣伝用にも使えるかな。書評や考察、感想文、読書会にも自由に転用してください（文末の数字は各作品が成立した日付です）。

ちなみに、自作解題なんてダサい、恥ずかしい、みっともない――とまでは言わずとも、みんなでいろんな読み方ができるように、作者が作品のことでつべこべ言うのは控えたほうがいい。そんな美徳の持ち主からすると、この手のテキストが書籍に挟まるなんて、いかがなものかと思うかもしれない。余計なお世話だよ、顔を出さないで、しらけるから、講釈なんかいらない、と。

その一方で、言いたいことがはっきりしない文章はどうも苦手で、「どう読めばいいか分からない」なんて作者の実力不足じゃないかと嘆くひともいる。書かれたものを、ただ読めればいい。でも、たくらみや匂わせ、狙いに気づけないと、察しの悪いじぶんがいやになる。仲間外れにされた気がしてさ。ふて腐れるよね。本なんかもう読まないぞ、って。

逆に、作者の言葉が「絶対の正解」だと思えてならず、そうじゃない読み方は失礼だ、許すまじ、通報だ、検挙する、処罰だ、流刑だ、投獄せよ、と怒るひとも。どうしたって、創造主は強い立場になるからなぁ。自作を謎解きグッズにしたくない書き手は、コンテクストフリーな表現なんてまずありえないと知りながら、「読者への挑戦状」を堂々と示す類いのふるまいをしたがらない。深読みされて苦しむくらいなら、おろかな誤解やくだらない翻案、くそ食らえな言いがかりを耐え忍ぶほうがましでは？　その気持ちもよく分かる。

どうしたらいいんだろうね。厄介な時代になったと思うし、昔から変わらない気もする。いずれにせよ、この本の著者（＝笠井康平）が何者で、それぞれのテキストをどこで書いたのか、はじめましての方に知ってもらえたらうれしい。ざっくりいえば、この連作短編集は、ちょうど10年に及んだ極私的な自粛期間に、僕がひそかに書き溜めたフィクションの精選集だ。その事情は詳しく述べない。収録作は２０１０年から２０２４年にかけて書かれたあと、公表しないまま、共有フォルダにしまい込んだものばかり。この本を世に出そうと決めたとき、このごくわずかなテキストデータが、少なくとも僕にとって、それなりの歳月が経ってもまだ「読むに堪える」と信じられたのは幸福なことだった。かつての僕は、東日本大震災と新型コロナウイルス感染症の間にあったはずの、もう忘れられつつある「時代の気分」を描きたかった。折々に生まれたばかりの新しい言葉にふれたかった。いや、この説明は後づけだろうな。とにかく僕は許されたかったのだと思う。だれが何をしてもいい場所で。静かに、笑いながら、眠るように。

漢字が苦手なその子の宿泊と郵便

大学時代の恩師（専門：大衆文芸、時代小説、戦後文学など）に「放っておいてもきみはいつか世に出るから」と預言された僕が、山内マリコ「昔の話を聴かせてよ」にインスパイアされて書いた時代劇。かつて苦楽を共にしたデザイナーさんが、20世紀・日本の少女物語をテーマに合同誌をつくろうと誘ってくれて、僕が「明治→大正」担当として書いた短編でもある。

古本屋でたまたま見つけた『郵便創業120年の歴史』（1991）を下敷きに、「少女」概念が郵便ネットワークを通じて日本全国に普及する「前」の物語をつくって、字が読めるだけでうれしかった頃のことを忘れないようにしようと決めた。もちろん、当事者の気持ちは代弁できないし、報われなかった人びとの声を盗んだ負い目もあって、クライマックスにはやしゃご世代なりの「落とし前」をつけた。この態度もまた、後世に批判されるべきだろう。

ぎこちない会話文は、嵯峨の屋おむろ「くされたまご」（1889）のパスティーシュ（文体模写）。丸ごと借用したくだりもある。言文一致運動の最中に「西欧式の自由恋愛にかぶれた女教師の不倫」を描き、当時のソーシャルメディア（新聞・雑誌）で大論争を巻き起こした作品だ。紳士諸君はこぞって「女徳の退廃」を嘆き、「女学校の腐敗」は「汚職議員」と並ぶ「濁世」のシンボルだと騒いだんだって（参考：屋木瑞穂、１９９７）。笑っちゃうよね。皮肉のひとつも言いたくなる。「いいご身分ですこと」なんて。

（2013.07.13）

じゃないけど、似たもの——60年代少女小説

20世紀・日本の少女物語をテーマにした合同誌の「昭和→昭和」担当作。２０１３年10月時点の副題には「東京オリンピック前々［…］々夜」とある。

その年の9月に開かれた第１２５次ＩＯＣ総会は、２０２０年のオリンピックを東京で行うと決定した。そのニュースを知って、宮藤官九郎『いだてん～東京オリムピック噺～』（２０１９）の後日譚じゃないけど、似たものを先んじて書きたくなった。この構想は資金も実績もなくて断念され、代わりにこの短編が生まれた。

開催招致のフロントランナーは猪瀬直樹が務めた。かれが東京都知事に就任するずっと昔に、『日本凡人伝』（１９８３）などの攻めたノンフィクションを書いていたと知るひとは、僕の同世代にさえほとんどいなかった。松竹脚本部に入社した橋田壽賀子が、同社初の女性社員だったのに、人事異動で「秘書」にされそうになって独立開業したことも。生まれる前のできごとだからね。調べても分からないことだらけ。

「昭和レトロ」が「外国人観光客やZ世代の間で話題に」なるのは２０１５年以降だから、この物語の「私」は「地元」に居場所が見つからなかったのだろう。まだ子どもだし、夢をかなえたいからこそ「地元」に戻った「先生」の気持ちも分からない。本当は「（あなたの）先生になりたかった」かもしれないのに。

これは余談だけど、僕がまだ渋谷で凍えていた頃、近所に「酔っぱらいお断り」の小料理屋があった。手づくりの煮物やおつまみがカウンターの大皿に山盛りされ、壁には若手時代のウッチャンナンチャンやダウンタウンの写真が飾られていた。店主のおばあさんは無礼な若者が大きらいで、常連客は亡くなった先代を偲んで全国からやってきた。最寄りの駐屯地から、人目を忍びたい自衛隊員が非番を過ごしに来たこともあった。

僕らはなぜか気に入られて、店主はいつも数量限定出荷の「田酒」を破壊的な安値で飲ませてくれた。長い付き合いの蔵元がたくさんあるといった。大晦日の閉店後に、二人で「NHK紅白歌合戦」と「テレビ東京 年忘れにっぽんの歌」をはしごした年もある。店主は小学生のときに「東京オリンピック」を見に行ったそうだ。その話につづきはなかった。問わず語りするほどの思い出じゃなかったんだろうね。


(2013.10.18)

情報社会の大悪党——あるいは弊社の石井GM

「LINE」は日本人口の80％近くが毎月使うコミュニケーションアプリになった。このサービスは東日本大震災の3ヶ月後に生まれた。

それまではメールと通話が主流の連絡方法だった。ソーシャルメディアは勤労世代に広まりつつあったけど、テレビ・新聞の影響力が依然として強く、ほとんどの動画配信サービスは都会の若者文化にとどまっていた。ところが、2010年にわずか9・7％だったスマートフォンの普及率が、2年後には49・5％に急増する(総務省調べ)。その勢いに乗って巨大IT企業4社(Google、Amazon、Facebook、Apple)が市場支配を強めるなか、大手企業が「ネットとリアルの融合」を経営課題だと言い出し、収益モデルの怪しいITスタートアップにリスクマネーが流れ込むようになる。

この短篇にはそんな時代を待ち構えた「職場」文化が描かれている。綿矢りさ『インストール』（2001）が世に出た頃、インターネットは「青春の闇」を見せ合う「秘密の部屋」だったとしたら、僕らの時代には「青年の夢」が集まる「鍵つきの社交場」だったと言えるだろうか。時代感覚を捉えた表現を目指した代償として、この物語は数年後に絶対古びると覚悟していたのだけど、作中の名詞にはすでに終了したサービスもあって、図らずもヴィンテージの風合いが出てきたか。

僕はこの短篇を、大学3年の夏頃から新卒採用の就活シーズンにかけて書いたはずだ。その前年まで未成年の会社員だった僕は、同い歳の就活生が「どこで働きたいか」を決めあぐね、芸術家のたまごたちが「そもそも、働くかどうか」で迷っているとき、「明日から会社に行かなくていい方法」が見つからないと悩んでいた。そんな心境で「仕事のつらさ」をエンタメ的に消費できるはずもなく、僕がエントリーシートを添削した友達の内定報告をいくつも聞きながら、これは入社6年目の若手社員が水曜日のお風呂上がりにナタデココでも食べながら悩むような悩みで、20歳すぎの学生が授業そっちのけで考えるような課題ではないのに、どうして未来のことばかり心配するの？

そんなわけで、少なくとも作者（＝僕）は、この短編が現代日本のなんらかの世相を鋭く描いたなんてとても言えない。すべては想像の産物で、いかにもな記号の組み合わせ。にも関わらず、将来に起きるであろう現実と同様に確からしい。この感覚は、それから長きにわたって僕を苦しめることになった。時代が求めるリアリティラインに沿ったパーソナルデータをほどよく選ぶだけで、あるひとの生涯はさほど労せず推定し、描写し、要約できてしまう。なのに、わざわざ生きる理由とは？

（2011.11.26）

こよみのうた

2024年の春に、NHKカルチャーセンター青山教室がこんな告知を出した。平岡直子（歌人）、文月悠光（詩人）、暮田真名（川柳人）が講師を務める「だれでも文芸部」を開催する。「朝起きられない人も、臆病な詩人も宇宙人も、誰でも入部歓迎（絵文字）」。「詩型を越えて語り創る！」

当日は予定が重なって参加できそうになかったのだけど、朝起きるのが苦手でも、僕は僕なりに詩型を越えてみたかったから、テーマ詠のお題「暦」に沿ったものを書こうとした。やっぱり〆切にまにあわなかった。ゆえに残念ながら、本作はこれが初披露である。

つくりはごくシンプルで、連番号は太陽暦に対応する。「1」には新年の歌を、「8」には夏休みの歌を収めた。「詩型」ってなんだよと思う方は、小声で読んでみてください。たとえば「1」は、おおむね七五調で読めそうなのに、改行や一字空けのせいでリズムが崩れちゃう。描かれた光景も、「散らす」の主語は隠れた作中主体（つぼみを見ている視線）かと思いきや、「海風」のようでもある。いつ・何が「ゆられた」のかも判然としない、まるでくり返す歳月のように——といった具合に、音数の流れと意味のゆらぎがほんのり伝わればOK。あとはお好みで連想を広げてくださいね。短詩に親しみがない方でも、「何が言いたいの？」と訝しがらずに読めるといいのだけど。

とはいえ、とくに「9」はノーヒントだと謎ぎかも。「2回連続で出すことができない」という一行は、『ポケットモンスター スカーレット・バイオレット』の新キャラ「ガチグマ（アカツキ）」の専用技である「ブラッディムーン」のわざ説明文から借りた。赤い満月のモチーフから出発して、関東大震災（1923）と米国同時多発テロ事件（2001）の印象を重ね書きしたのだった。同じように、ほかの連にもひとつ以上の史実を埋め込んである。でも、それは全然伝わらなくていい。何しろ日付というのは、時間も場所もばらばらな出来事を一列に並べる乱暴者だ。そうでもしないと日々の記録が成り立たないし、大切な思い出の寄る辺もないのは分かるけど、まぁ無情だよね。誕生日がひとの数だけあるように、人びとが文字列に抱くそれぞれの思いは、無理して揃えなくてもいいはずなのに。

（2024.05.04）

プリティ・リトル・ベイビーズ

この物語に出てくる「ぼく」に、「武田さん家のお父さん」はこう話したことがある。

「1968年の学生運動に参加した大学生は、同世代の数％しかいなかった。なのにその時代に『若者』だった1940年代生まれは、ひとまとめに『全共闘世代』と呼ばれるようになった。いい迷惑だよね。1947年から1949年の第一次ベビーブームに生まれた『団塊の世代』は約800万人しかいなかったんだから。きみたちからすれば、みんな『老害』なのかもしれないけど。1987年から2004年にかけて生まれた『ゆとり世代』はざっくり4000万人いて、日本人口の3割を占める。被害者意識なんか持たなくていいんだ。人数ならそちらに分がある。多数決なら負けないよ。本気で《連帯》するつもりならね」

この話を「ぼく」がどこで聞いたかは、打ち明けられない。手がかりになるでしょ。「武田さん」がどこにいたかも言えない。僕がだれから情報を得たかも秘密だ。関係を示唆しかねないから。これもヒントになっちゃうけど、引用は菊池寛「芸術と天分——作家凡庸主義」（『文章世界』15巻3号、博文館、1920年3月）からとられた。

登場人物のアイデンティティは、なるべく速やかに開示すべきだ。この考えには根強い人気がある。ありきたりな自己紹介はつまらないからと、信頼できない語り手を山場まで泳がせる競争も定番になった。その合間にある膨大なバリエーションからお好みのキャラクターをつくれるように、顔だち、からだつき、服装、好きな／苦手なもの、性格その他を選択できるコンテンツもありふれた。

なのに、人生はたった一度きり。生い立ちの自由度も低い。「ゆとり世代」が物心つく頃には、日本でも中流家庭が減り始め、世代間の階級移動は起きづらくなった。「武田さん家のお父さん」は「ぼく」にその歴史を伝えたかったみたい。「ぼく」は「なるほどですね」とうなづきながら、「で？」と思っていたそうだ。「凡庸」はぜいたく品になった。別に貧しくないし、退屈でもないけど、ふと我に返ると、先の見えない日々に息が詰まりそうだ。そこで「ぼく」は恋をしようと思い立った。でも、めんどくさそうだし、なんだか怖い。いかにもな物語が始まりそうでしょ。

「どうしたらいいと思います？」と「ぼく」が言うから、ちょっと間を置いて、僕は助言した。

「武田さんに聴いてみたら？」

（2013.10.13）

彼と僕の大事な恋人たち

書きあぐねたストーリーテラーは自作に「治癒」のための空間をつくりがちで、その場所をどうデザインするかでまた悩み、さらにその悩みを作中で解決したがる。本作はその典型的なケースだろう。なんかさ、暗いよね。頭で書いちゃってる。全然感情移入できなくない？

その「沼」に溺れる作り手を減らそうと、日本でも専門的な助言・相談の窓口が求められるようになった。その役割は、スクリプトドクターやドラマトゥルク、シナリオディレクターなどと呼ばれる。プロジェクトチームの半歩外にいて、集団製作の足取りを軽くし、進捗の停滞をやわらげる仕事だ。
クリエイター人口が急増するなか、「傑作は限られた天才の独創が生み出す」という考えは、時代の役割を本格的に終えつつある。煙草とアルコールを手放せず、ギャンブルと夜遊びに血道を上げ、「文壇」の悪口をあちこちへ書き散らかす。そういう「文豪」のイメージは、時代錯誤のコスプレですらなく、保護・活用すべき伝統文化となった。
かといって、「無意識」には頼りがたい。大自然や新天地、保養施設、近未来、太古の昔、異世界あたりに旅立って、空想の羽目を外し、めくるめく夢気分に包まれ、井戸のように深い記憶の沼底へ降りていく。それで救われるならと、喜んでお金を払ってくれる、愛すべき観光客たち。その安心・安全に配慮すると、尖った気持ちなんて、おいそれと人前に出せない。キモいし、ヤバいし、えぐいので。

ほかに何かないかな。面白くて、ためになる、役立ちそうなもの。匿名でよければ、人気の投稿サイトや箱庭型ゲーム、ライブイベント、連続ドラマ、お笑い番組、リアリティショー、没入体験アプリ、チャットボットなどは、メンタルヘルスの悪化傾向から脱け出す身近な助けになるだろう。栄養のある食事、規則的な睡眠、適度な運動習慣、定期的な社交、専門家のカウンセリングも効果が期待できる。
それでも癒えない心があるなら？　複雑なことを、複雑なまま、複雑に語れるしくみがほしい。そんな欲望がたっぷり詰まった逸品です。『月刊群雛（GunSu）２０１４年02月号』掲載作。

（2014.01.23）

ふたりと、それを分け合うこと

福島第一原子力発電所事故に人生を狂わされ

「なかった」ひとにとって、大震災以降の暮らしはどう変わったのか。報道倫理と芸術家の使命のことはいったん忘れて、何をするのも「不謹慎」だった空気をきちんと書き残しておきたい。そう思って書き始めた20万字超の長篇小説は、情報洪水を扱いきれず、書き手（僕）のモチベーションが過熱して、あえなく空中分解して壊れてしまった。もういいや、と思って書いたのがこの後日譚だった。こうして10年後に読むと、美談にも、露悪にも、日常にさえもうんざりしていたあの頃を思い出せる。

気象庁によれば、２０１０年代の日本では、最大震度６以上の地震が26回起きた。期間内で観測に成功した揺れ（33,766件）の0.08％に当たる。そのうち６回が２０１１年３月に起きて、他の時期に比べて少なくとも２倍の関心を集めた（参考：Googleトレンド）。

観測史上最大の揺れだったから、そのショックでたくさんの「声」が生まれた。とにかく、たくさん生まれた。まったく数えきれないほどだった。専門家が「おすすめの震災文学」を紹介したり、当日のツイート（投稿）を位置情報付きでアーカイブしないと、当時を知らない方にはどれが話題で、何が問題とされ、だれがこの件で有名になったか見分けがつかないだろう。

忘れないうちに裏設定を明かすと、作中で「白井」が調べまわった「さまざまな灰色文献」に、『福島原発事故独立検証委員会 調査・検証報告書』『東京電力 福島原子力事故調査報告書』『国会事故調 報告書』『政府事故調 中間・最終報告書』は含まれていない。まだ出揃っていなかったし、そもそも一般向けのフィクションではないから。２０１０年から２０１２年には、「アラブの春」と呼ばれた大衆蜂起が、チュニジア・エジプトからアラブ諸国に波及していた。日本語圏のソーシャルメディアでも反政府デモを支持する投稿が盛り上がった。ほとんどの国は民主化の夢を果たせず、やがて保守反動や内戦・騒乱に陥った。「なおたんさん」はその気配にどっぷり浸っていたはず。

（2013.02.01）

描写の向こうで眠りたい

ぱっと見は自由自在の好き放題にみえても、現代詩はさまざまな規則に則って／抗って書かれている。その仕掛けに気づき、参照元が分かった気がすると、うれしい。こんな風に、

それでは、本物の法律を真正面から主題とした散文詩を書いた場合、伝統的な「私性」を巡る規範的な了解にはどのような変更圧力が加わるだろうか。本作は、こうした着想のもと、２０１６年に制定されたＥＵ一般データ保護規則（略称：ＧＤＰＲ）第22条（自動化された意思決定）をモチーフとし、同法の施行に当たって国内外でなされた論議に対し、本人によるパーソナルデータの公表をその事業活動の中核とする職業専門家の視点から、いくつかの印象を示した作品である。

まじめな感じの批評にひとつでも出会えたら、たとえ的外れでも、書いてよかったなと思える。だけど、これだけ趣味嗜好がばらばらな世界で、仕事と余暇にせわしない日々に、公の場で、ややこしい文章に秘められた魅力を徹底解説するなんて、特別な利害関係でもなければやらないよね。たとえば、愛とか。

本作が高見順「描写のうしろに寝てゐられない」（１９３６）のオマージュであることは明らかであろう。高見は「饒舌体」と呼ばれる手法を駆使し、小説・評論・詩・日記などの

分野で活躍した昭和戦前の左派モダニストである。高見は、「描写」の意義があらゆる被写体に「客観的存在」として「平等な市民権」を与える点にあると述べ、「近代の科学文明が文学のなかに齎らした光明」であると評価しつつも、物事に「黒白をつける」という作家の「任務の遂行は、客観性のうしろに作家が安心して隠れられる描写だけをもつてしては既に果し得ないのではないか」と主張し、語り手が「作品中を右往左往して、奔命につとめねばならなくなつた」説話形式の「物語り」を擁護する。

だって、報酬も安いし、世間から嫌われるし、うっかり被写体を怒らせでもして、大騒動になって、周囲から見放されたら困る。無難に褒めて、ちょっと気の利いた提案に留めるほかない。ただでさえ不安定な身分なのに、単発仕事でむやみにリスクを取らなくてもいいんだ。

本作はこの立場を再評価しつつ、スマートフォンと大規模データ処理技術を用いた機械的なプロファイル（描写）のための技術が、これまで以上に一般へ普及し、被写体となる個人の不信を募らせるのであれば、いずれ私たちの社会は、前近代的な「見る／見られる」関係の非対称性に異議申し立てする、民衆の怒りを呼び起こすのではないかと予想する。

だから、気になることがある。この詩がなぜ詩として書かれなければならなかったのか。

その後の経過は周知のとおりだ。人手不足に苦しむ日本の介護施設は、「見守り」を無人化できる撮影機器の導入に前のめりだ。中国政府は警察が大量のカメラと顔認証を用いて市民の政治活動を監視することを認めた。つい先日、厳格なプライバシー保護で知られる米国カリフォルニア州で、脳神経データの取扱いを新たに規制対象とする法案が成立した。「私性」はプラットフォーム資本主義の越境取引通貨となったのである。

形式で遊ばないと書けないことはある。読みづらくしないと伝わらない考えもあろう。でも、物事にも限度ってものがあるよ。むやみに難しすぎるって。もっとやさしい表現に努めるべきだったな。

（2018.01.29）

荒木さんの退職

マーケティング調査会社で働くアルバイトスタッフが、どうやら地下アイドルとしてデビューするまでを描いたショートストーリー。「ペルソナ設計」といって、データ分析をもとに架空の人物をつくり、広告企画や商品開発の参考にする仕事がある。その実態を大げさに描きつつ、「リアルな女の子」を理解したがる男たちが何重もの〈無知〉に気づくというお話。爽快な復讐劇だ。

この短篇は『アイドルマスター シンデレラガールズ』（通称：デレステ）の登場人物「荒木比奈」を起用したファンフィクションでもある。デレステは、2011年から2023年にかけて、バンダイナムコエンターテインメントとCygamesが共同開発・運営していたソーシャルゲームだ。当時は、アイドル育成ゲームを「原作」にして、漫画やアニメ、音楽ライブ、キャラグッズを次々と展開するビジネスが急成長していた。そんな折り、演劇業界で編集記者をしている後輩に頼まれた（？）短篇だった。友人たちの間で秘かに回覧されたという。彼女は「デレステ」の熱心なユーザーだった。当時はCV実装（声優の起用）もされていないマイナーキャラを僕が選んだことに驚いていた。

（2015.10.25）

空間とその美女のアドバタイズ

　僕のからだがまだ「疲れを知らない25歳」だったとき、危うく心が死にかけたことがある。その夜にふと、もしもあと10年早く生まれていたら、今年をどんな気持ちで過ごしただろうと思いついた。だけど当時は10年先まで生きられる気がしなかったから、じぶんに経験できないかもしれない老いというものを、なるべく精巧に想像し、その体感を分かち合うには、どんなフィクションがこの世界に残ると便利だろうとも考えた。このふたつのアイデアを温めて正気を保っていたとき、忘れがたい二、三の事柄があって、「その子」について書きたくなった。

「その子」のことは、単数形の「they」みたいに使える日本語を探していたときに見つけた。語り手の「僕たち」には社会的な女性性が結びつけられているけれど、ノンバイナリーな一人称複数名詞としても読める。いかにもメンズっぽい名前の著者が思い出語りをしているだけでは、と読んでもいい。ちょっと風変わりな距離感のストーリーになるだろうから。

　執筆当時は、「推し」という言葉が視聴覚文化に敏感な若者たちの間で使われ出していた。大学生だった女友だちが読んでくれて、とても気に入ってくれたから、この物語はなすべき仕事をもう終えたと思っていた。僕が「その子」よりも年上になったいま読み返したら、この宛先不明のラブロマンスの消味期限は、もう少しだけ延ばせそうな気もした。

（2013.01.31）

ストイコビッチのキックフェイント

ドラガン・ストイコビッチはセルビア出身のサッカー選手／指導者だ。日本でプロサッカーリーグ（Jリーグ）が始まった翌年に来日し、名古屋グランパスエイトの短気なフォワード（前線要員）として活躍した。妖精（ピクシー）のように軽やかなボールさばきで注目され、語り継がれる名場面をいくつも残した。「1990 FIFAワールドカップ」のセルビア対スペイン戦で見せた、鮮やかなキックフェイントもそのひとつだ。題名はそれにちなんだもので、作中には相手を惑わす「フェイント」の達人たちが登場する。「2011 FIFA女子ワールドカップ」で日本代表が初優勝する前年に発表したから、登場人物のなかに将来のプロ選手がいるかもよ、でも「運動」のプロって不思議な仕事だね、という作者の「匂わせ」はだれにも気づかれなかった。ちょっと早すぎたみたい。

初めはサッカーゲーム「ウイニングイレブン（現：eFootball）」のプレイフィールを文章で再現するつもりだったと思う。言語芸術のネットワークが揺れ動く様子は、フィールドスポーツの試合展開にそっくりだという直感に突き動かされて、「からだの動き」に合わせた「言葉の連なり」が読み手の「意識の流れ」にどう作用するのか、日本のどこかにある「車社会の行く末」を舞台に実験しようとしたら、こんなことに……。同時代の類作に青木淳悟『プロ野Qさつじん事件』（２０１９）がある。キム・ホンビ『女の答えはピッチにある：女子サッカーが私に教えてくれたこと』（２０２０）もおすすめ。

(2010.05.18)

清潔でとても明るい場所へ

２０１９年８月に演劇プロジェクト「円盤に乗る派」が「清潔でとても明るい場所を」を上演するにあたり、舞台美術としてのテキストと名づけられ、劇場（浜松市鴨江アートセンター、北千住BUoY）の壁に投影されたもの。その手前に舞台装置（洋式トイレなど）が置かれ、俳優が演技し、音楽が流れ、照明が動いた。

０から９の番号は、上演テキスト（作：カゲヤマ気象台）の場面転換とゆるく対応している。描かれたのは、トイレ、住宅街、喫茶店、サウナルーム、テレビ画面、幹線道路、海沿いの砂浜といった風景。分かると深い意味とか、秘密の暗号は仕込まれていないから、身構えずに、「奇妙なつながりの言葉が並んでいるだけさ」と思ってもらえたら。ふり返ると、演出のトーンに合わせて、「どことなく懐かしいけど、はっきりと思い出せない感じ」を出そうとしていた。だから「中程度の」「半過去」「水蒸気」「やわらかな霧」といった言葉が選ばれたんだな。改行や句読点のタイミングも細かく調整したみたい。ありふれた単語だし、文法は正しいのに、意味がすんなり通らないセンテンスになるように。

なお、僕の許諾なしでいつでも再演できるように、このテキストにはクリエイティブ・コモンズライセンス（CC-BY 4.0）を付しておいた。出所の表示さえすれば、だれでも二次利用できる。すべての単語はGoogleマップで浜松市を検索すると元ネタが出てくるのだけど、さすがにそれは僕にしか分からないか。

（2019.06.4-2019.08.12）

識字率と婚姻のボトルネック

この短篇はタイトルを先に思いつき、どんな話になるか分からないまま書き出した。ファーストテイクを書き進めていたとき、結末部で得体の知れないものが出てきたから、気味悪くなって、「つづき」を考えないようにしていた、いわく付きのホームドラマ。

『月刊群雛（GunSu）２０１４年11月号』に掲載され

た初出から、大幅に改稿した。収録作のなかではもっとも改変されている。それではっきりと犠牲者が出た。ありふれた日常のワンシーンは、平凡なミステリが未解決のまま放り出される「暗い絵」に変わった。

さっき気づいたのだけど、この物語には「血」の縁語がやけに多いね。刀、バスタブ、熱湯、子ども、地獄、白装束、こくご、電話、赤ワイン。流れるもののイメージを次々と重ね合わせて、作者が本当に言いたかったことは何だろう。よくわからないな。謎である。

登場人物の関係図は実話に基づく。信頼できる消息筋から本当に聞いたうわさ話だ。この国では毎年400人近くが「親族」の手で殺され、4000人以上が「家庭問題」で自殺する（厚生労働省・警察庁調べ）。「長女」の縊死には不自然なところがある。友人が自宅を訪ねてくる日に亡くなるなんて。

「真犯人」が分かった方は、容疑者たちに教えてあげてください。解決編を書いてくださるのも歓迎です。

（2014.10.15）

オキナワ医療観光公社

2021年に開催されたSFプロトタイピング作品のコンペティション「Anon Medical Sci-Fi Competition」入選作（匿名）。諸事情で選考結果は非公開にされたようだから、この短篇のタイトルもウェブ検索には引っかからない。なのに賞金はちゃんともらえた。受賞連絡をくれた社長はやわらかな声のおじさんで、それだけで誠実な会社だと思った。

もちろんこの物語はフィクションだけど、その世界観はさまざまな水準で「政治的に正しくない」。台湾有事は起こらず、夫婦別姓制度は導入されず、公的医療は崩壊しなかった。だけど、在日米軍基地の返還は進み、育児・介護分野の先端技術はすっかり家庭に普及している。その進歩から取り残されそうなミレニアル世代は、「ふるさと」の観光政策でしか新しい家族の顔を見られないのに、若者の流行にどうにかついて行こうとする。明るいんだか、暗いんだか。伝統なのか、革新なのか。はっきりしない雲行きの明日が、本土と大陸の両方から海を越えてやってくる。

いやな未来予想だ。そうなったら／ならないように、日本の医療は何に貢献できるだろう。この問いにきれいな答えはない。どんな歴史も正しくないし、この現実はどこかおかしくて、理想の将来はありえないからだ。であれば、選んだ時点で失格となる「禁忌肢」の見分けはつくだろうか。これを書きながら、そんなことを考えていた気がする。

ちなみに、作者だからいえることだけど、コマーシャルなフィクションとしての完成度は決して高くない。シナリオは薄く、描写は盛りすぎ、設定は説明不足。キャラクターは輪郭に乏しく、会話は展開に欠き、ストーリーは尻切れで終わる。なぜか。老いた語りを模したからだ。「最後の父親」は僕の同年代になるよう設定してある。リアルな想像のために。

(2021.03.05)

つづかない組織はどうすれば歌えるのか

経営学者のトーマス・H・ダベンポートらが書いた論考「データ・サイエンティストほど素敵な仕事はない」が2013年に邦訳された翌年から、僕はインターネットやソーシャルメディアなどのビッグデータからビジネス・インサイトを発掘するITベンチャー企業で、違法な長時間労働や粉飾決算まがい、不正なデータ流出、各種のハラスメントが野放しの現場をみていた。

統計学、ビッグデータ、IoT、AI、ロボット、ブロックチェーン、サイバーフィジカルシステム、Society5.0、Web3.0――。流行語をまぶしたセールストークは季節ごとに変わり、大げさな見出しのプレスリリースに誘われて、株主対策の「事例創出」を欲しがる有名企業の管理職たちが、いかにも納得感のある美しいスライド資料を高値で買い回っていた。

ＩＴ投資の遅れは国内のどこでも見られた。公共部門、民間部門、学術部門はお互いを羨み、妬み、蔑んでいた。顧客が本当に必要としていたのは、社内政治に勝てるクールなお墨付きに他ならなかった。情報リテラシー格差は世代間闘争を煽る燃料になった。

もちろん、この見方にはひどい偏りがある。商売っ気のないスタートアップの社長がどうにかして自社の寿命を伸ばそうと苦心する姿は、むなしくなるほど何回も見かけた。彼らが市場から退場せずに済んだのは、金払いのいい決裁権者たちが重役会議を巧みにたぶらかしてくれたからだ。お金で買えない価値がある。買えるものは、信じる理由だ。

この景色が平安貴族たちの「漢詩／和歌」を用いた権力抗争に似ていると気づくまでに、さほど時間はかからなかった。数百年に及ぶ勅撰和歌集の伝統を産み・育て、漢字かな交じりの物語技法を発明したのは、名門一家に生まれながらも出世競争に敗れた「はぐれ者の官僚たち」ではなかったか。そう直感したのはいいものの、くずし字を読む努力を怠ったばかりに、僕はひらがなさえまともに読めない落ちこぼれになっていた。大学に入って数年しないうちに、古語を読み解く直感は失われ、文脈推定の精度は衰え、重要人物の署名と略歴が結びつかなくなった。

僕はすっかりおろかになった。17歳の誕生日にはあと2年で死のうと思っていたのに、20歳になると育児書を読み漁るようになった。早く孫の顔がみたいと信じようとした。がんばったけど、だめだったね。「うた」の才能がなかったんだ。「組織」をつづける執念と言い換えてもいい。

（2020.02.09）

家柄

ラスト2行だけ切り出して、だれかの題辞（エピグラフ）とかに引用できそうだと思う。疲れた青年の内面って感じだよね。辻井喬の影響も見られる。

書き出しから5行目までは和風テイストの妖しいビジョンが古風に展開されるのに、6行目からいきなりふだん着っぽい言葉づかいになって、水産業の仕事風景とビジネスメッセージに転じていく。「青い血」といえば、えび・かに・たこ・いかなどの魚介類、それにカブトガニを想起させるけど、フランス語では貴族の血を引く名門の出を意味するらしい。知らなかった……。

この詩に限らず、本作に収録した短めの文章は、隣り合う3作のコンセプトを濃縮したもの。この詩でいうと、「つづかない組織はどうすれば歌えるのか」「オキナワ医療観光公社」「識字率と婚姻のボトルネック」に共通する「家柄」というエッセンスが取り入れてある。結婚披露宴とかのコース料理で、旬の野菜やきのこを使った複雑な味のスープが出るでしょ。おいしいのに、すぐなくなるやつ。目指したのは、あの感じ。

そう思うと、2連目のしくみも分かりやすい。食べる／食べられることにまつわる動詞の合間に、苦しい系のオノマトペ（擬音語・擬態語）が挟んである。「無音の苦痛が聴こえなくなった」という1行は、いかにも言語表現でしかできなさそうなポーズをかましてる。サイレントなのに聴こえないって何なん。聴こえるほうがへんでしょ。もう大人なんだから。

（2024.05.23）

うつさないように

新型コロナウイルス感染症が日本に上陸して「からの」物語は、もうたくさんなほど書かれてきたし、これからも語り継がれることだろう。重要人物の証言は、ようやく世に出始めたところだ。今後もあちこちで回想録や資料集成が編まれるにちがいない。そして残念だけど、そうなる「までの」物語はほとんど出回らなくなる。そんな気がして、2020年4月にnoteへ投稿したテキストだった。

公表から少なくとも1600日は経ち、この予感はあまり望ましくない仕方で的中したように思う。鈴木一平が『教育装置のある生活——新しい生活（表現）様式としての日記』で見抜いたように、歴史上の大事件と「同時期に書かれたテキストは不可避的にそれらの出来事を明示的にであれ非明示的にであれ表現してしまう」。

詩と服装に明るい鈴木は、たくさんの詩人を集めて「コロナ禍」の日記を書かせるという依頼に「戦争詩や『死の灰詩集』に通じる願ってもない「動員」のチャンスが巡ってきたと嬉々として加担した」とユーモラスに自嘲していたけど、「運動としては先の東日本大震災において多くの詩の書き手が言葉の無力さとその可能性を訴えた震災時に匹敵するものにもなりえなかったような気がする」と反省してもいた。

それに比べたら、僕のスタンスは気楽なもの。現地ニュースを要約した叙事詩に、うがち読みを誘う日記風のメモが挟んであるだけ。煽りや迷信、諷刺はおろか、懸念、不安、猜疑、恐怖、嫌悪、拒絶、嘲笑、愚弄、侮辱、罵倒、脅迫、その他いっさいの負の感情はさっぱり消されている。初めからそんなことは起きなかったみたいに。

（2020.04.21）

世間体とレソロジカ

いかにも日記然とした日記が書けないまま大人になった。紙のノートを何冊も揃え、専用のポメラ（テキスト入力端末）まで買って備えたのに、いざとなると、まったくやる気が出ない。だるいせつないこわいさみしい。最悪な気分のまま日付が変わる。どうにかならんのか。

工夫のすえ、僕が辿りついた手法を紹介しよう。まずはとにかく、書く。たくさん消す。残りを並び替え、整える。そして、でたらめなタイムスタンプ（日付情報）を付ける。それを読み返しながら、正しい日時に起きた実際のできごとを思い出す。これでひと安心だ。検閲にも耐え、漏洩にも負けない。本当にあったことを思い出せなくなるリスクはある。忘れよう。失われたという事実が消えたところで、初めから何もなかったことにはならないので。

（2018.10.20）

よものよのもの

前後左右の至るところを「四方（よも）」といい、たぬきやキツネを「夜物（よもの）」と呼んだ昔のひとは、コロナ禍の日本で始まった「バーチャル渋谷」に延べ40万人以上の３Ｄアバターが訪れたハロウィン・イベントを知らなかっただろう。かくいう僕も、日本語の「よ」がいくつもの意味を持ち運べて――夜、世間、他人、外界、余剰など――、「夜の物」がナイトウェア（夜着）、ポルノグラフィー（春画）、マウス・ラット（ねずみ）のいずれか、またはすべてを指すとは知らなかった。

後知恵だけど、「渋谷」という土地にもそんなところがある。駅前の雑踏、高層ビルと公園とラブホ街、サブカルチャーの史跡、ＩＴスタートアップの聖地、アドテクの実験室、スマホゲームの戦場。あなたの歩き方次第で、この街はぺらぺらと表情を変え、常識をはぐらかし、任意の欲望を満たしてくれる。住み慣れさえすれば、こんなに便利な「田舎の都会」もそうなかったんだけどね。すっかりいやになっちゃった。

この短篇には、そんな作者（元・渋谷区民）のブルーな気持ちが閉じ込められている。書き上げてから分かったのは、この物語が複数人称（僕ら）と単数人称（僕）をしつこく切り離そうとしていることだ。大まかには「友達」が「僕」を悪い場所から救う脱出劇なのだけど、「僕」の素性は注意深く隠されるし、「僕ら」はこの街の歴史をずっと見つめてきたゴーストのようにふるまうから、初読ではどこで・何が起きているのかすごく読み取りづらい。というより、変幻自在な「僕ら」の姿は、本文中のキーワードを場面ごとに代入しないと、どうにも不鮮明なまま、語り手なのか被写体なのかもあやふや。生成ＡＩサービスにも読ませてみたんだけど、自信満々で「僕ら」は路上生活者だと断定してきたから、思わず「ほかの解釈をいますぐ5パターン考えなさい」と怒った。最近の大規模言語モデルは「スーパー☆ラット」（Chim↑Pom）を知らんのか。「穏田の水車」（葛飾北斎）で調べてみてよ。

日本史に疎い英語圏の生成ＡＩは、大慌てで爆速回答。なかには思いがけない答えもあってさ。僕はあっさり気を取り直したのだけど、最初にもっともらしい嘘を吐いたのは僕だったと反省した。ごめんね。

へんな語り口を思いついちゃったと思う。フレーズの威力や構文のダイナミズム、語り手の立ち位置といった実験手法が玄人筋に知れ渡ったことで、掛詞をたのしむ散文の伝統は、いまやほとんど省みられなくなった。近頃は「永遠の名作」に憧れるひとの姿も見かけないし、悪ふざけやお遊びを手放しに笑えた日々も遠のくばかり。それでも稼がなきゃ生きていけないコンテンツ産業の現場で、たくさんの「作者」が単発の消耗品になって久しい。そんな時代に個人が独力でフィクションを書くべき理由は何か。僕は深刻に悩みすぎている気もする。

ところで、後半のとある場面には、SF作家の樋口恭介が友情出演してくれた。ポケモン対戦考察に詳しいひとならおなじみのフレーバーテキストも振りかけてある。どれもちょっとしたいたずらごころだから、気にせず読み流しても大丈夫。知り合いに感想を聞かれたら、ひとまず「バーチャル渋谷系?」と答えてみて。（2024.07.20）

ファースト・マカロニペンギン

短歌の音数律（リズム感）は、黙読するとき心に浮かぶ31音（五七五七七）だけでなく、「無音の拍」を含めた40音でつくられる。

たとえば、「すてきな消費体験だらけの思い出を」と書かれたとき、「すてきなしょ」を発句とみて、「うひたいけんだ」とつづく、キレの悪い句またがりと読むのではなく、「すてきなしょうひ・／たいけんだらけの／おもいでを・・・」と、ひとまとまりが八音刻み（／）になるよう休符（・）を入れると、しっくりくる。うたの歴史にもっともよくある初句余りだ。

より細かく分けるなら、「狙撃手たちの練習場に」と書かれたとき、この語句は二音一拍四拍子に分解できる。「そげ／きしゅ／たち／の・／れん／しゅう／じょう／に・」といったように。また、狙撃（そ・げき）が一音（そ）と二音（げき）をつないだ漢語であるように、日本語の読みは奇数（き・すう）と偶数（ぐう・すう）の組み合わせ（くみ・あわ・せ）で成り立つ（なり・たつ）。「狙／撃／手／たち／の／練／習／場／に」は九区分の意味のリズムが生じる。

この法則は日本語のしくみを秘かに支配しているかもしれない。なんてこった、あらゆる権力が影で操られている！　この島に書き言葉が広まる前からそうなのか？　たとえば、『万葉集』が生まれた頃とか。方言はどうだ。しまくとぅばの祖先を辿りたい。

こうした研究がいつの時代に起源を持つかは知らないものの、はじめて僕が「無音の拍」について学んだのは、坂野信彦『七五調の謎をとく――日本語リズム原論』（１９９６）を読んだときだった。語の初出は菅谷規矩雄『詩的リズム――音数律に関するノート』（１９７５）にさかのぼる。理論研究は岡井隆・金子兜太『短詩型文学論』（１９６３）に既存で、もちろん21世紀以降も続く。無音の拍を「韻律フレーム」と呼ぶ研究者もいる。

僕には説明しきれないけど、古くから批評家たちは、ときに半音拍やアクセントの強弱、母音／子音の音素（「おんそ」を構成するo・n・s・oのこと）まで考えに入れている。この「ファースト・マカロニペンギン」についていうと、サ行（s）の息抜きが多く、母音（aiueo）の反復をなめらかに避けてある分、中盤の濁音（d, g）の舌ざわりが冷たい。漢字だらけの表記は硬く、トップバッターの形容動詞がひらがなのまま浮いている。

ファーストペンギンは、群れで最初に海へ飛び込む勇敢な1羽のこと。マカロニペンギンは卵を一度にふたつ産むが、ひとつ目はごく小さく、ほぼ孵化しないという。マカロニペンギン飼育係も、高齢化による繁殖難を心配している。

マカロニとは、アンドロジニー（両性的）な気取り屋を指すファッショントレンドで、18世紀後半のイギリスで流行り、ダンディ（粋な男らしさ）に人気を奪われた。デュラム小麦のショートパスタとは別の語源だそうだ。「をかし」が「お菓子」じゃないように。

（2024.11.22）

笠井康平（かさい・こうへい）

一九八八年生まれ。著書に『私的なものへの配慮No.3』がある。他の著作に「文化芸術の経済統計枠組みはいかにしてテキスト品質評価指標体系の開発計画に役立つのか」「現代短歌のテキストマイニング——吉田恭大『光と私語』（いぬのせなか座）を題材に」「場所（Spaces）」（共著者：樋口恭介）「10日間で作文を上手にする方法」シリーズなど。「もの書き」が生活に役立つ知識を持ち寄るメディア「作家の手帖」の共同編集長として、日本初訳のヴァージニア・ウルフ『灯台へ』（葛川篤訳）復刊にも携わる。

さみしがりな恋人たちの履歴と送信

著者
笠井康平

編集
山本浩貴（いぬのせなか座）

装釘・本文レイアウト・校正
山本浩貴＋h（いぬのせなか座）

印刷・製本
シナノ印刷株式会社

発行日
第1刷：2025年3月1日

発行
いぬのせなか座

http://inunosenakaza.com
reneweddistances@gmail.com

いぬのせなか座叢書8

LONELY LOVERS LONG LETTERS

Japanese First Edition Published by Inunosenakaza
Printed in Japan

ISBN 978-4-911308-08-0